AF189577

Michelle König
Go On Together

Michelle König

Go On Together

Roman

Bibliografische Information der Deutschen Nationalbibliothek:
Die Deutsche Nationalbibliothek verzeichnet diese Publikation in der
Deutschen Nationalbibliografie; detaillierte bibliografische Daten sind im
Internet über: http://dnb.dnb.de abrufbar.

© 2020 Michelle König
Cover: Michelle König
Herstellung und Verlag:
BoD-Books on Demand, Norderstedt
ISBN: 978-3-7519-2446-7

„Fay!", hörte ich meine beste Freundin, quer über den Gang, nach mir rufen. Ich drehte mich um und sah, wie sie bereits auf mich zu rannte. Ihre langen blonden Haare wehten nach hinten und auf ihrem Gesicht war ein breites Grinsen zu sehen. Mir war bewusst, dass die Schüler, die auf dem Gang standen, zu uns schauten. Aber wenn man mit Claire befreundet war, musste man damit leben. Sie war eigentlich immer gut drauf und wild. Vor allem wild.

Es war ihr egal, was andere über sie sagten oder dachten. Darum beneidete ich sie, ich konnte das nicht.

Sie fiel mir mit so einer Wucht um den Hals, dass wir beide gegen die Spinde in unserem Schulflur knallten. Spätestens jetzt hatten wir die Aufmerksamkeit aller, die bereits auf dem Flur unterwegs waren.

„Es ist toll, dass du wieder da bist, ich hab' dich echt vermisst."

Sie löste sich von mir und betrachtete mich von oben bis unten.

„Jedenfalls siehst du wieder gesund aus."

Ich nickte. „Ich fühle mich auch deutlich besser."

Die letzte Woche lag ich krank mit der Grippe im Bett.

Mir wurde schnell langweilig und da war so eine Zwangspause nicht gerade förderlich.

„Ich finde das immer noch seltsam, dass dein Vater keinen Besuch zugelassen hat." Ich zuckte nur mit den Schultern, da ich nicht wusste, was ich sagen sollte.

„Ich hätte niemals gedacht, dass ich mich jemals so nach der Schule sehnen würde", sagte ich grinsend, um das Thema etwas zu wechseln.

Heute war zwar der letzte Schultag vor den Herbstferien, aber ich hatte die Nase voll davon, im Bett zu liegen, weshalb ich beschlossen hatte, heute in die Schule zu gehen.

Mein Vater war davon zwar nicht begeistert gewesen, hatte meine Entscheidung aber akzeptiert.

Claire hakte sich bei mir unter und zusammen gingen wir zu unserem ersten Kurs. Mathe.

Dort hatte ich Claire vor ein paar Monaten kennengelernt.

Ich kam mitten im Schuljahr in die Abiturklasse, da mein Vater und ich von Österreich zurück nach Berlin gezogen waren. Er hatte beruflich die Möglichkeit bekommen, wieder hier arbeiten zu können. Er hatte die Möglichkeit mit mir besprochen und zusammen haben wir entschieden, dass es eine gute Entscheidung wäre.

Ich hatte vor Österreich schon einmal in Berlin gewohnt, bevor wir, auch aufgrund des Jobs meines Vaters, dorthin gezogen waren. Damals war meine Mutter noch bei uns. Der Gedanke an sie versetzte mir immer noch einen Stich.

Als ich als Neuling in die Klasse kam, ließ ich meinen Blick schüchtern durch den Raum schweifen, in der Hoffnung, noch einen freien Platz ohne Sitznachbarn zu erwischen, aber natürlich waren alle Tische mit mindestens einem Schüler belegt. Ich mochte es nicht, wenn ich fremde Leute in meiner Nähe hatte. Ich hatte immer Sorge, was sie wohl über mich denken würden. Dass sie etwas an mir sehen, was ihnen nicht passt, oder sonstige Dinge, was sie veranlassen könnte, mich nicht zu mögen. Diese Gedanken machten mir das Leben oft unnötig schwer und ich habe schon oft versucht, sie abzustellen, aber es gelang mir nie länger als ein paar Sekunden. Um mich zu schützen, zog ich mich schon immer freiwillig zurück, was der Grund war, warum ich bis jetzt fast keine Freunde hatte.

So als würden wir uns schon kennen, hob Claire damals die Hand, winkte mir und zeigte auf den freien Platz neben sich. Froh, dass ich nicht noch weiter peinlich in der Tür stehen musste, befahl ich meinen Beinen sich zu bewegen. Mein Gesicht fühlte sich heiß an und ich war mir sicher, dass ich rot wie eine Tomate war. Ich setzte mich und sah auf die Tischplatte und murmelte nur ein *Danke*.

Die erste Stunde verstrich, ohne dass wir miteinander sprachen. Ich musste in der Stunde eine Vorstellung meiner Person über mich ergehen lassen und versuchte mich danach auf den Unterricht zu konzentrieren und zu verstehen, was der Lehrer da gerade zu erklären versuchte.

In der Pause kam Claire zu mir in die Mensa, setzte sich neben mich und wir kamen ins Gespräch. Und daraus entwickelte sich eine Freundschaft, wie ich sie vorher noch nie hatte.

Sie half mir, mit dem Schulstoff hinterher zu kommen. Sie gab mir ihre Unterlagen und lernte mit mir. Ich schaffte es relativ schnell, all das zu lernen, was ich verpasst hatte.

Nach der Schule gingen Claire und ich zu unserem Jugendtreffplatz, der ganz in der Nähe der Schule war.

Wir hatten dort die Möglichkeit, draußen zu skaten, Tischtennis zu spielen und Trampolin zu springen. Drinnen gab es mehrere kleine Sitzecken und einen Tresen, wo ein Mitarbeiter uns Getränke ausschenkte.

Die Sonne strahlte und wärmte noch ein bisschen.

„Wollen wir heute draußen bleiben?", fragte ich Claire.

„Ja gerne. Tischtennis?" Ich nickte.

„Ich geh schnell den Ball und die Kellen holen." Ich ging rein und stellte mich an den Tresen und wartete, bis der Typ dahinter Zeit für mich hatte.

„Hey". Der junge Mann grinste mich schief an und ich lächelte freundlich zurück.

„Hey, ich bräuchte die Tischtenniskellen und den Ball dazu, bitte."

Er nickte kurz und bückte sich, um die Sachen unter dem Tresen hervorzuholen. Er legte mir die Sachen hin und ich gab ihm als Pfand meinen Ausweis.

Er schaute auf den Ausweis und musste grinsen.

„Viel Spaß, Fay" – er sagte meinen Namen in einer samtweichen Stimme und grinste erneut. Ich versuchte, die Gänsehaut auf meinen Armen zu ignorieren und lächelte ihn an.

Hatte er gerade mit mir geflirtet?

Ich verwarf den Gedanken, denn ich war mir sicher, er wollte nur nett sein.

Ich drehte mich um und ging raus zu Claire.

Ich ließ meinen Blick über die Menge schweifen und brauchte kurz, um sie zwischen all den Schülern zu finden.

Als ich sie sah, traf es mich wie der Blitz.

Mir fielen die Kellen und der Ball aus der Hand und landeten mit einem Knall auf den Boden.

Einige Schüler schauten verwirrt in meine Richtung, auch Claire sah zu mir und auch der junge Mann, der mit ihr redete, wandte sich ebenfalls in meine Richtung.

Ich atmete schneller, aber es fühlte sich an, als ob mir jemand die Luft abschnüren würde.

Die Luft, die ich einatmete, schien meine Lungen überhaupt nicht zu erreichen. Ich konnte nicht mehr klar denken und vor meinen Augen bildete sich ein Vorhang aus Tränen.

Ich blinzelte, um wieder klar sehen zu können. Mein Bauch verwandelte sich in ein flaues Gefühl und ich hatte Sorge, dass ich mich gleich würde übergeben müssen.

Alles in mir machte eine hundertachtziggrad-Drehung. Ich stand wie versteinert da und traute meinen Augen nicht. Das konnte nicht sein. Das war nicht er. Wieso war er hierhergekommen?

Meine Gedanken überschlugen sich. Ich gab mir größte Mühe, meinen Atem wieder in ein normales Tempo zu bekommen. Aber es gelang mir kaum. Ich verstand die Welt nicht mehr.

Einen kurzen Moment blieben wir so stehen, dann hob Claire die Hand und winkte mir zu. Ich sah, wie ihr Lächeln einem besorgten Blick wich. Ich war mir sicher, dass ich keinerlei Farbe mehr im Gesicht hatte.

Noch immer konnte ich nur dastehen und *ihn* anstarren. Er hatte eine abgewetzte Jeans an, dazu trug er ein lockeres weißes T-Shirt und seine braune Lederjacke, die ich nur zu gut kannte.

Er drehte sich zu ihr und ich sah, wie er sie am Handgelenk fasste und ihren Arm runternahm.

Er beugte sich zu ihr und flüsterte ihr etwas ins Ohr. Ich bekam Gänsehaut, als ich mich erinnerte, wie sich sein Atem an meinem Ohr anfühlte.

Sie schaute kurz zwischen ihm und mir hin und her, nickte dann, drehte sich um und ging zu einer Gruppe von Schülern aus unserer Klasse.

Während sie sich von ihm entfernte, ließ sie mich dennoch nicht aus den Augen.

Er versicherte sich, dass Claire wirklich ging, danach drehte er sich um und ging auf mich zu.

Er suchte meinen Blick und fand ihn auch.

Ich versuchte ihn böse anzufunkeln, aber es gelang mir anscheinend nicht richtig, denn er fing an breit zu lächeln.

Ich verdrehte die Augen und merkte, wie die Wut Überhand gewann.

Bevor er bei mir ankam, hob ich die Kelle und den Ball auf und ging zurück zu dem Typen hinter der Theke.

„Schon fertig? Das war ja eine kurze Runde."

Er schaute mich verwundert an.

„Ja. Krieg ich meinen Ausweis bitte?", antwortete ich schroffer als gewollt. Dabei ließ ich den Eingang nicht aus den Augen.

Ohne ein weiteres Wort zu sagen, schob er mir den Ausweis rüber.

„Danke", murmelte ich und ging wieder raus.

Draußen stieß ich mit *ihm* zusammen.

„Fay", er hauchte meinen Namen und mir lief sofort ein Schauer über den Rücken.

Damals hatte ich es geliebt, wenn er meinen Namen so sagte. Heute erfüllt es mich mit Schmerz und einer Reihe von Erinnerungen.

Ich drängelte mich an ihm vorbei, doch er folgte mir.

„Fay, jetzt warte bitte." Er erfasste mein Handgelenk und blieb stehen. Ich riss mich los und drehte mich zu ihm.

„Was willst du hier, nach allem, was war?"

Seine Antwort kam wie aus der Pistole geschossen.

Mir war klar, dass er sie sich vorher schon zurechtgelegt hatte.

„Ich vermisse dich."

Das war wohl ein schlechter Scherz. Ich blickte ihn böse an.

„Du vermisst mich?" Ich zischte so laut, dass einige Schüler um uns herum zu uns rüber schauten. Er hob entschuldigend die Hände.

Er war arrogant wie immer - kam hierher und war der Meinung, ich würde prompt nach seiner Pfeife tanzen.

„Ich meine es ernst. Bitte lass uns reden." Er sagte es mit Nachdruck, so, als wäre es ihm wirklich wichtig.

Ich konnte ihm aber nicht glauben und ich wollte es auch nicht.

„Wir haben nichts zu reden."

Mit diesen Worten ließ ich ihn stehen und ging Richtung Bushaltestelle.

Gottseidank verstand er das, denn er folgte mir nicht. Ich war mir aber sicher, dass er damit noch nicht lockerlassen würde.

Als ich an der Bushaltestelle stand, klingelte mein Handy. Ich sah auf das Display. Claire. Ich seufzte.

Ich ging ran, auch wenn ich schon wusste, was sie wollte.

„Hey", begrüßte sie mich.

„Was gibt's?", ich versuchte trotzdem freundlich zu klingen.

„Wo bist du grad? Ich hab' dich wegstürmen sehen."

„Stehe an der Bushaltestelle."

„Ja, ich sehe dich." Ich drehte mich nach rechts und sah Claire mit ihrem Handy am Ohr auf mich zu kommen. Ich legte auf und wartete, bis sie bei mir war. Auf ihrem Gesicht lag ein besorgter Ausdruck.

„Willst du drüber reden? Mir erzählen, wer das war? Er hat mir gesagt, dass er dich gesucht hat und gesehen hatte, dass wir miteinander geredet haben. Mehr weiß ich nicht."

Sie nahm mich in den Arm. Ich schüttelte den Kopf.

„Ich muss selbst einmal verstehen, was hier gerade passiert ist."

„Okay."

Ich war ihr dankbar, dass sie da war und mich grad einfach nur in den Armen hielt; ich war noch nicht bereit zu reden, und sie akzeptierte das.

Wir stiegen schweigend in den Bus ein und fuhren wie selbstverständlich gemeinsam zu mir nach Hause.

Vor meiner Haustür angekommen schaute Claire mich fragend an.

„Kann ich dich allein lassen oder soll ich mit reinkommen?"

„Du kannst gerne mit reinkommen."

Ich habe die ganze Fahrt nachgedacht und ich hätte liebend gern jemanden um Rat gefragt, was ich jetzt am schlauesten machen soll; dann fiel mir ein, dass niemand wusste, was passiert war, außer mein Vater, aber mit dem konnte und wollte ich nicht reden.

Unser Verhältnis war angespannt, seit meine Mutter nicht mehr bei uns war.

Ich wollte, dass Claire wusste, was los war, bevor *er* ihr es erzählen konnte. Das wäre typisch für ihn. Mir wäre zwar unklar, wie er an Claire rankommen sollte, um ihr alles zu erzählen, aber er fand immer einen Weg, wo anscheinend keiner war.

Sie nickte also nur und ich schloss die Haustür auf. Wir betraten das Haus.

„Ist dein Vater da?" Ich zuckte mit den Schultern.

„Papa?!" Keine Antwort.

„Sieht nicht so aus."

„Gut, denn brauch ich ja nicht *Hallo* zu rufen." Sie grinste. Ich zwang mich, zurückzulächeln.

Wir gingen nach oben in mein Zimmer.

Ich schloss die Tür hinter uns und ich setzte mich auf mein Bett. Claire setzte sich neben mich und schaute mich erwartungsvoll an.

Ich wollte nicht lange überlegen, wie ich es ihr am besten sagen sollte, denn die Gefahr, dass ich einen Rückzieher machen würde, war zu groß.

Also legte ich einfach los.

„Du weißt doch, dass wir vor zwei Jahren nach Österreich gezogen sind. Mein Vater hatte eine bessere Stelle angeboten bekommen, die er nicht ablehnen konnte." Sie nickte.

„Als wir unser Haus dort bezogen hatten, kamen unsere Nachbarn nach und nach und haben uns begrüßt und herzlich willkommen geheißen.

Liam kam ebenfalls mit seinen Eltern vorbei, jedoch sagte er nichts, sondern stand einfach nur da und schaute mich an.

Er kam jeden Tag vorbei. Anfangs blieb er einfach draußen stehen. Ich fand das zwar unheimlich, aber irgendwann bin ich dann doch zu ihm vor die Tür und wir setzen uns an den Bürgersteig.

Wir wechselten erst kaum ein Wort. Doch jeden Tag wurden es mehr und so lernten uns besser kennen.

Und von da an entwickelte sich das zwischen Liam und mir.

Wir waren am Ende ein unschlagbares Team, dachte ich jedenfalls. Wir waren so glücklich. Alles fühlte ich perfekt an. Aber kurz bevor wir wieder zurück nach Berlin gekommen sind... ist etwas passiert."

Ich machte eine Pause und überlegte, ob ich ihr sagen sollte, *was* genau passiert war.

Ich entschied mich dann aber dagegen.

„Er wandte sich von mir ab und ließ mich alleine."

Ich wusste, dass Claire keine Ahnung hatte, was ich damit meinte, aber ich konnte es einfach nicht laut aussprechen. Ich konnte noch immer kaum daran denken, ohne dass es mich innerlich zerriss.

Mir rollten ein paar Tränen über die Wangen, der Schmerz fühlte sich an, als wäre das Alles erst gestern passiert.

Claire fragte nicht weiter nach, sondern legte einen Arm um meine Schultern und zog mich fest an sich.

„Danke. Danke, dass du mir vertraust und mir das erzählt hast." Ein großer Stein fiel mir vom Herzen und ich fühlte mich gleich viel leichter.

Mir war klar, dass ich ihr trotzdem kaum etwas gesagt hatte, aber uns beiden war klar, dass mich diese paar Sätze alleine schon eine Menge Überwindung gekostet hatten.

Mir rollten noch ein paar einzelne Tränen die Wangen runter, bevor ich mich wieder gesammelt hatte.

Sie wechselte das Thema und den Rest des Abends unterhielten wir uns über alles, nur nicht über Liam. Sie hatte ein gutes Gespür dafür, wann es Zeit war, über etwas anderes zu reden.

Sie versuchte mich abzulenken. Sie drängte mich nicht, sondern ließ mich von mir aus erzählen, egal wie lange es dauern würde.

Dafür hatte ich sie so unglaublich gerne.

„Es ist schon spät. Ich muss langsam nach Hause, sonst dreht meine Mutter völlig durch.", sagte Claire, nachdem wir meinen Stapel alter Mädchenzeitschriften durchgeschaut hatten.

Wir hatten uns über die seltsamsten Leserfragen und komischsten Artikel lustig gemacht. Hatten uns ausgetauscht, auf welchen Promi wir mal standen und welche Teenie-Filme wir klasse fanden.

Wir haben so viel wie lange nicht mehr gelacht.

„Okay, ich bring dich noch zur Bushaltestelle."

„Danke."

Wir gingen gemeinsam runter. Das Licht im Flur war immer noch aus.

„Dein Vater ist noch nicht zuhause?"

„Anscheinend nicht. Wahrscheinlich wieder ´nen langer Tag im Büro." Ich zuckte mit den Schultern. Es war nicht selten, dass mein Vater erst spät zuhause war.

Den Weg zur Bushaltestelle legten wir schweigend zurück. Ich hatte das Bedürfnis, etwas zu sagen, aber ich wusste nicht was, also schwieg ich.

„Danke, dass du mir Gesellschaft geleistet hast."

Ich nahm Claire in den Arm und merkte, wie sie nickte.

Ich wartete, bis Claire in ihren Bus eingestiegen war, ehe ich mich auf den Rückweg nach Hause machte.

Kaum war ich wieder allein, dachte ich darüber nach, was Liam zu mir gesagt hatte.

Ich konnte nicht glauben, dass er hier war, ich wollte es nicht glauben.

Ich konnte mir vor allem nicht erklären, warum. Und würde er jetzt länger bleiben, womöglich sogar hier wohnen oder war er nur zu Besuch?

Ich hoffte sehr, dass er nur zu Besuch war. Ich wollte nicht, dass er blieb. Ich hätte mir gewünscht, er wäre nie hier aufgetaucht.

Ich hasste es, dass er mit seinem Auftauchen alle alten Wunden wieder aufriss. Ich hasste, was er mit mir anstellte.

Ich beschloss, noch einen Spaziergang zu machen, um einen klareren Kopf zu bekommen. Wir hatten leider keinen Park oder ähnliches in der Nähe, also musste ich mit unserer Siedlung vorliebnehmen.

Gedankenverloren lief ich durch die Straßen, als ich plötzlich merkte, dass mir jemand folgte.

Nicht dicht, sondern mit viel Abstand, aber trotzdem entging es mir nicht. Leichte Panik stieg in mir auf.

Aber da er nicht so nah war, versuchte ich mir einzureden, dass ich mir das einbilden würde.

Trotzdem lief ich lief die nächste Straße rechts und die darauffolgende Straße links, aber er blieb an mir dran. Ich hatte es mir also doch nicht eingebildet.

Die Panik in mir wuchs. Ich merkte, wie ich schneller atmete und meine Schritte beschleunigte.

Die Straßenlaternen bestrahlten uns von hinten, so konnte ich seinen Schatten sehen, da er mittlerweile nähergekommen war.

Er war etwas größer als ich, soweit ich das aus dem Schatten erkennen konnte.

Er holte langsam weiter auf und verkürzte den Abstand zwischen uns. Ich merkte, wie mein Herz raste und ich überlegte, was ich jetzt wohl am schlauesten machen sollte. Sowas hatte ich bis jetzt nur im Fernsehen gesehen. Was tat man, wenn einem das in echt passierte? Sollte ich irgendwo klingeln und um Hilfe bitten oder meinen Vater anrufen oder am besten gleich die Polizei? Die Polizei wäre wahrscheinlich die beste Idee, entschied ich und griff nach meinem Handy in der Hosentasche.

Ich holte es raus und stellte fest, dass es aus war.

Akku alle. Ich hatte vergessen es aufzuladen, mal wieder.

Ich verfluchte mich innerlich und die Panik kam zurück. Damit blieb mir nur noch übrig, tatsächlich irgendwo zu klingeln und um Hilfe zu bitten. Ich schaute mich gerade nach einem geeigneten Haus um, wo noch Licht brannte, als eine Windböe von hinten kam und einen Duft mitbrachte, der mir zwar bekannt vorkam, den ich aber erst nicht zuordnen konnte.

Ich brauchte kurz, doch dann traf mich die Erkenntnis und ich blieb so abrupt stehen, dass er in mich hineinlief. Etwas war an daran anders.

Ein anderes Parfüm überdeckte seinen Geruch, was es mir etwas erschwerte.

Jegliche Angst war verschwunden und wurde durch Wut ersetzt.

„Ist das nicht etwas erbärmlich, seiner Ex-Freundin hinterher zu laufen wie ein kranker Psychopath?"

Er seufze. Ein Schauer lief mir den Rücken runter. Ich hatte recht mit meiner Vermutung.

„Was soll ich denn machen? Du redest ja nicht mit mir."

Ich drehte mich um und stand direkt vor ihm. Zwischen uns passte gerade mal ein Blatt Papier. Ich musste scharf einatmen und versuchte, das Kribbeln in meinem Bauch zu ignorieren.

Ich musste meinen Kopf in den Nacken legen, damit ich ihn ansehen konnte. Ich sah in seine grünen Augen und merkte, dass ich vergessen hatte, wie gut er aussah. Ich schluckte.

„Ja, Liam, denn es gibt nichts, was wir beide zu bereden hätten. Das mit uns ist Geschichte. Dafür hast du damals gesorgt."

Ich wollte mich umdrehen, doch er hielt mich am Handgelenk zurück. Ich merkte, wie er mit dem Daumen über mein Armband strich, das ich seit jenem Abend, an dem er es mir geschenkt hatte, immer trug. Ich nahm es nicht einmal zum Duschen oder Schlafen ab.

Es war ein dünnes geflochtenes Stoffarmband. In regelmäßigen Abständen waren blaue Perlen aufgefädelt und als Hingucker hatte es einen Anhänger in Form einer Welle.

„Warum hast du das dann noch?", fragte er mich mit weicher Stimme.

Da war sie wieder, die Gänsehaut.

„Ich möchte, dass du das hier bekommst. Es soll dich immer an mich und an uns erinnern. Weil deine Augen, genauso wie du, einzigartig sind. Weil ich dich liebe. Weil ich froh bin, dich in meinem Leben zu haben."

Es lief mir eiskalt den Rücken runter, als ich mich daran zurückerinnerte.

Ich hatte meeresblaue Augen. Das war das Einzige, was ich wirklich an mir mochte und es war das, was andere an mir besonders begeisterte und das Erste, was man an mir bemerkte.

„Ich habe es behalten, weil ich es schön finde.", log ich. Ich wusste, dass ich mir mit meiner Antwort zu viel Zeit gelassen hatte, sodass Liam klar war, dass ich log.

Denn die Wahrheit war, dass es mich daran erinnern sollte, wie unglaublich schön es damals war, wie sehr ich ihn geliebt hatte und es womöglich immer noch tat.

Ich stellte mir oft vor, wie unser Leben abgelaufen wäre, wenn das Schicksal nicht dazwischengefunkt hätte. Wenn alles gut gegangen wäre.

Wo würden wir dann jetzt sein?

Ich war enttäuscht von mir selbst.

Ich hatte mit einer solch großen Mühe versucht, Liam zu vergessen und war der Meinung, ich hätte es geschafft, doch jetzt, wo er so dicht vor mir stand, brodelten alle Gefühle wieder hoch. Die guten sowie die schlechten.

Ich bekam weiche Knie und mein Herz schlug Purzelbäume.

Ich versuchte mich krampfhaft dagegen zu wehren, aber ich merkte, dass ich es nicht schaffte.

Er erwiderte nichts auf meine Antwort. So standen wir einfach schweigend da und sahen uns nur an. Er schaute mir fest in die Augen und ich konnte nicht anders, als seinem Blick standzuhalten.

Er hielt mich immer noch am Handgelenk. Ich hätte mich von ihm lösen sollen und nach Hause gehen sollen, aber ich konnte nicht.

Meine Beine gehorchten mir nicht.

Plötzlich flackerte etwas in seinen Augen auf und in der nächsten Sekunde hatte er mich schon an sich gezogen und küsste mich. Ich merkte, wie er sanft seine Lippen auf meine legte und so nach Erlaubnis fragte.

Ich hätte es besser nicht tun sollen, aber ich ließ es zu.

Ich hatte ihn so sehr vermisst, jedoch wusste ich tief in mir, dass nichts mehr war wie es mal gewesen war. Gefühle hin oder her. Damals ist so viel passiert, was nie wieder gut zu machen war.

Morgen früh würde ich es bereuen, aber für heute Nacht wollte ich einfach vergessen. Und zwar alles, was passiert war.

Ich merkte, wie die Sonne mich warm im Gesicht streichelte.

Ich blinzelte und brauchte einen Moment, bis ich mich erinnerte, wo ich war.

Schlagartig setzte ich mich auf und sah nach rechts. Liam lag bäuchlings mit dem Gesicht zu mir gewandt, die weiße Hotelbettdecke schlang sich ihm um die Hüfte. Sein Atem ging regelmäßig, seine Augen waren geschlossen, er schlief also noch. Gut. Mein Herz raste trotzdem so schnell, dass ich Angst hatte, er würde davon wach werden.

Ich schaute mich in dem kahl eingerichteten Hotelzimmer um und war beruhigt, dass er zurzeit in einem Hotel wohnte. Das bedeutete, er würde nur kurz hierbleiben. Ich hoffte es zumindest. Und dem Hotel nach zu urteilen hatte er sich genug Geld von seinen Eltern genommen, um dies hier bezahlen zu können.

Ich rief mir den gestrigen Abend in Erinnerung und wusste nicht, ob ich weinen oder lachen sollte. Und ob das ein Riesenfehler war. Nein, falsch, das wusste ich. Es war *definitiv* ein Riesenfehler. Aber trotzdem musste ich mir eingestehen, dass es eine echt schöne Nacht mit ihm war. Es hatte sich tatsächlich wie früher angefühlt und das war das, was ich gewollt hatte.

Einen Moment lang saß ich so da und beobachtete seinen muskulösen Rücken, der sich in einem sanften Takt auf und ab bewegte. Mein Magen begann zu kribbeln und ich wandte meinen Blick ab.

Ich musste hier weg. Ich wollte nicht da sein, wenn Liam aufwachte.

Ich stand so leise es ging auf, zog mich an und suchte den Kugelschreiber aus meiner Tasche. Ich nahm die Serviette, die ich auf dem Zimmertisch entdeckte, und schrieb.

Liam,
ich weiß nicht, was ich mir dabei gedacht habe ...
Es war ein Fehler.
Bilde dir bloß nicht ein, dass diese Nacht irgendwas zu
bedeuten hätte, denn das tut sie nicht.
Du hattest gefragt, warum ich das Armband trage.
Mir gefällt es. Es gibt keinen anderen Grund dafür.
Lass mich in Frieden und reise wieder ab, du hast hier nichts verloren!
Fay
P.s: Ich hasse dich immer noch, mit dem Unterschied, dass ich mich jetzt auch hasse.

Es zerriss mir mein Herz. Ich wusste, dass ich log und mir war durchaus bewusst, dass Liam es ebenfalls wissen würde.

Ich wischte mir die Träne weg, die mir die Wange runterrollte. Ich legte die Serviette auf die Seite des Bettes, wo ich geschlafen hatte. Ich bückte mich, um meine Schuhe unter dem Bett hervorzuholen. Mit den Schuhen in der Hand schlich ich mich in Richtung Zimmertür. Mit der Hand schon an der Türklinke hörte ich, wie Liam anfing zu brummeln. Das typische Geräusch, bevor er wach wurde.

Mir blieb keine Zeit mehr. Ich riss die Tür auf.

„Fay? Fay!" Wenige Sekunden später hörte ich seinen Gürtel klappern und ich rannte los, ohne groß nachzudenken. Ich wollte ihm jetzt nicht gegenüberstehen, denn ich wusste, ich könnte ihm jetzt nicht in die Augen sehen. Ich nahm zwei Stufen gleichzeitig. Er hatte es mittlerweile auch auf die Treppen geschafft. Ich hörte, wie er mir immer näherkam. Er war schon immer sportlicher als ich, sodass ich annahm, dass er mich innerhalb kürzester Zeit einholen würde.

Mir musste etwas einfallen. Ich erreichte den letzten Teil der Treppe und konnte schon das gesamte Foyer überschauen. Wir hatten bereits Aufmerksamkeit erweckt. Liam hinter mir rief die ganze Zeit nach mir.

Der Mann in der Rezeption hörte auf, die Schlüssel zu sortieren, auch die beiden Frauen auf dem kleinen Sofa gegenüber schauten zu mir hoch.

Ich sah das Pärchen an der Rezeption, was gerade einzuchecken schien. Der Mann war breiter und viel muskulöser gebaut, als Liam und ihm somit überlegen.

Das war meine Chance.

Ich rannte immer noch mit meinen Schuhen in der Hand auf das Pärchen zu. Die Frau verstand bereits und trat ein paar Schritte zur Seite. Ich zeigte, während ich lief, hinter mich, wo ich Liam vermutete.

„Halten Sie bitte diesen Mann auf."

Ich rannte, ohne mich umzuschauen, raus auf die Straße und rannte noch ein Stückchen weiter, bog um eine Ecke und blieb erst dann stehen, um nach Luft zu schnappen. Da Liam nicht mehr hinter mir war, schien mein Plan geklappt zu haben. Ein klein wenig tat es mir leid, was ich gerade getan hatte. Ich hoffte, dass er dadurch jetzt keine Schwierigkeiten bekommen würde. Aber so wie ich ihn kannte, konnte er sich wunderbar rausreden und mit seinem Charme davon überzeugen, dass er nichts getan hatte. Er hatte ja auch nichts getan.

Ich zog mir die Schuhe an und versuchte, die Blicke der Passanten zu ignorieren. Natürlich hatte ich mit meiner Rennerei Aufmerksamkeit erweckt. Ich merkte, wie ich wieder rot wurde. Ich hasste es, wenn so viele auf mich blickten.

Ich verschnaufte noch kurz, bis ich wieder einigermaßen ruhig atmen konnte, lief dann zur U-Bahn und fuhr nach Hause.

Ich öffnete die Haustür und lief meinem Vater direkt in die Arme. Ich brauchte ihm nur in die Augen gucken und ich wusste, dass er sauer war – und wie.

„Wo in Gottes Namen bist du die ganze Nacht gewesen? Wozu hast du ein Handy, wenn du es nicht benutzt? Du hängst doch sonst stundenlang an dem Teil, aber deinem Vater mal eine Nachricht zu schreiben ist zu viel verlangt? Selbst Claire wusste nichts. Ich war kurz davor die Polizei zu rufen. Sei froh, dass du schon 18 bist."

„Es tut mir leid.", gab ich kleinlaut zu.

Ich hatte ihn völlig vergessen. Ich schaute verlegen zu Boden. Ich hatte wirklich ein schlechtes Gewissen.

„Mehr hast du nicht zu sagen? Wie wäre es, wenn du mir erzählst, wo du warst?" Ich seufzte.

„Als ich Claire zum Bus gebracht hatte, wollte ich noch einen Spaziergang machen und dann hab' ich Lisa getroffen. Ihr ging's total mies. Ihr Freund hat mit ihr Schluss gemacht und dann bin ich noch mit zu ihr. Mein Akku war alle und ich konnte mein Handy nicht bei ihr laden. Es tut mir wirklich leid."

Ich sah ihm an, dass er mir nicht richtig glaubte, dennoch nickte er und drehte sich immer noch wütend um und ging zurück ins Wohnzimmer, wo er sich wieder vor seinen Laptop setzte und weiterarbeitete.

Das war typisch mein Vater. Anstatt dass man weiter über Probleme redete, drehte er sich einfach um und floh aus der Situation.

Ich hing meine Jacke auf und zog mir die Schuhe aus, ging dann nach oben in mein Zimmer und schmiss mich rücklings aufs Bett. Ich starrte die Decke an und dachte an die letzte Nacht. Ich erinnerte mich daran, wie Liam mich geküsst hatte.

Es hatte sich angefühlt wie damals, als hätte sich zwischen uns nichts geändert, als wäre er nie weggewesen, als wäre das, was passiert war, nie gewesen. Als wären wir immer noch ein *wir*. Ich merkte, wie mir eine Träne aus dem Augenwinkel lief. Ich wischte sie mir weg. Ich wollte nicht an die schmerzhafte Vergangenheit denken, sondern an die schöne Nacht gestern.

Ich weiß nicht, wie lange ich so da lag und nachdachte. Aber irgendwann riss mich mein Vater aus meiner Trance.

„Fay!" Er schrie meinen Namen mit einem bösen Unterton.

„Was denn?", gab ich leicht gereizt zurück.

„Du hast immer noch Besuch."

Er rief mich anscheinend nicht das erste Mal.

Stöhnend stand ich auf und ging die Treppe runter. Unten schaute ich mich verwirrt um, hier war niemand.

„Draußen", erklang es aus dem Wohnzimmer. Als könnte er Gedanken lesen.

Ich zog mir meine Schuhe und Jacke an und ging raus.

Da stand er mit dem Rücken zu mir. Ich brauchte ihn nicht anzusprechen; er wusste, dass ich hinter ihm stand.

„Spinnst du eigentlich vollkommen?" Er drehte sich zu mir um und ich schaute ihn verwirrt an.

„Das vorhin im Hotel? Lässt mich aufhalten wie einen Verbrecher. Es hat Ewigkeiten gedauert, bis ich das Tier von Mann davon überzeugt hatte, dass ich dir nichts angetan habe und du freiwillig bei mir warst. Du kannst froh sein, dass er nicht die Polizei gerufen hat. Und dann dein Brief?" Er hielt die Serviette hoch. Ich war erstaunt, dass er sie aufgehoben und sogar mitgebracht hatte.

Es war ja nicht so, dass ich nicht wusste, was ich geschrieben hatte.

Ich nutzte seine kurze Atempause, um ihn zu unterbrechen. „Moment. Bist du jetzt extra hergekommen, um mich anzumaulen? Wenn ja, kannst du gerne wieder gehen. Woher hast du überhaupt meine Adresse? Und mein Brief? Der ist genauso gemeint." Sein Blick wurde weicher.

„Nein ich bin nicht hier, um dich fertig zu machen, ich bin hier, weil ich dich nicht verstehe. Und ich dir eventuell erklären sollte, warum ich *hier* bin."

Seine Stimme war auf einmal ganz sanft.

Er machte eine Pause.

„Gestern Nacht war es wunderschön zwischen uns und heute ist wieder alles anders und du bist wieder so eiskalt."

Er machte einen Schritt auf mich zu. Seine Stimme war zärtlich und klang voller Liebe. Es tat weh, ihn so zu sehen und zu wissen, dass er recht hatte mit dem, was er sagte. Ich fragte mich dennoch, was er mir erklären wollte, es war alles gesagt.

„Ja, die Nacht war schön, das macht deine Taten von damals aber nicht ungeschehen. Und jetzt geh." Ich wollte ihn nicht an mich ranlassen. Ich war schlau genug, um zu wissen, dass es wieder schief gehen würde und ich wäre wieder diejenige, die verletzt wäre.

„Fay, bitte tu das nicht." Er kannte meine Reaktion. Er wusste, dass ich das zu meinem eigenen Schutz machte.

„Ich möchte dich hier nicht mehr sehen. Geh!"

Ich hörte, wie die Tür aufging und mein Vater hinter uns stand. „Liam, ich glaube du solltest jetzt besser gehen." Ich hörte, wie die Stimme meines Vaters bedrohlich ruhig war. Auch Liam merkte, dass es meinem Vater ernst war. Er schaute mir noch ein letztes Mal fest in die Augen, bevor er sich umdrehte und ging.

Mein Vater fasste mich an der Schulter und schob mich zurück ins Haus.

Drinnen drehte ich mich zu meinem Vater.

„Alles okay mein Schatz?", kam er mir zuvor und brachte mit diesen Worten meine Mauer zu Fall, sodass ich mich weinend in seine Arme warf.

Er fragte nicht nach, sondern hielt mich einfach, während ich mich ausweinte.

Ich merkte, wie sehr ich das mit Liam unterschätzt hatte. Es nahm mich doch mehr mit, als ich zugeben wollte und ich hatte es einfach verdrängt. Ich wollte nicht weinen. Ich wollte mich nicht mehr so fühlen. Ich wollte nicht, dass er so eine Macht über mich hatte. Ich wollte ihn hassen. Oder besser noch, ich wollte, dass er mir gleichgültig ist. Ich würde ihn nie wieder so an mich heranlassen.

Aber trotzdem stand ich hier, in dem Armen meines Vaters, mit all unseren Erinnerungen, und weinte wieder wie ein kleines Mädchen. Es fühlte sich an wie damals, als ich im Krankenhaus sein musste, als ich realisiert hatte, dass er nicht zurückkommen würde.

Es tat gut, dass mein Vater da war und doch war es nicht genug. Ich wollte so gerne mit ihm über die ganze Sache reden, aber ich konnte es nicht.

Ich brauchte noch kurz, bis ich mich beruhigt hatte, ehe ich mich von ihm löste, um ihn dann in eine kurze kräftige Umarmung zu ziehen. „Danke Papa."

Er gab mir einen Kuss auf den Kopf.

„Ich bin immer für dich da. Egal was war, was ist, oder was kommen mag."

Mein Herz fühlte sich an, als würde es sich zusammenziehen. Es tat gut, das von meinem Vater zu hören.

Auch wenn wir ein eher schwieriges Verhältnis hatten, war er immer für mich da und fand die passenden Worte.

Ich lächelte ihn an und nickte.

Ich ging hoch in mein Zimmer und vergrub mich in meinem Bett. Weinen machte müde. Ich fühlte mich leer und ausgelaugt.

Eigentlich war es nicht mein Plan gewesen, aber ich schlief ein und wachte mitten in der Nacht erst wieder auf. Ich nahm mein Handy, das immer unter meinem Kopfkissen lag, wenn ich schlief, und schaute auf die Uhr. Es war 2 Uhr morgens.

Mein Vater war schon längst im Bett und ich lag jetzt wach im Bett und würde vermutlich nicht wieder einschlafen können.

Stattdessen dachte ich daran, wie ernst Liam vorhin ausgesehen hatte. Vielleicht hätte ich ihm doch die Chance geben sollen, sich zu erklären, aber andererseits wusste ich nicht, was er mir erzählen wollte. Seine Taten damals hatten genug gesagt.

Ich versank immer weiter in Gedanken und spielte alles wieder ab. Damals. Sein Auftreten kürzlich an der Schule. Unsere Nacht. Und sein Erscheinen bei mir vor

31

der Haustür. Auch dachte ich daran, was ich jetzt wohl tun könnte, um die Situation für mich zu verbessern.

Ein stechender Schmerz in meinem Kopf riss mich aus meinen Gedanken und ließ mich zusammenfahren. Es fühlte sich an, als würde mir jemand ein Messer in den Kopf rammen.

Ich hasste diese Art von Kopfschmerzen. Zum Glück hatte ich nur sehr selten Kopfschmerzen.

Ich seuftzte, stand auf und ging runter in die Küche. Ich nahm mir ein Glas aus dem Küchenschrank und füllte es mit Leitungswasser. Danach suchte ich die Schubladen nach einer Kopfschmerztablette durch. Mein Vater legte sie immer woanders hin, was die Suche etwas erschwerte. Nach mehrmaligem Fluchen fand ich sie dann doch in der allerletzten Schublade und nahm eine. Mit viel Wasser spülte ich sie runter und ging wieder hoch in mein Zimmer.

Ich hatte dann die Nacht genutzt und überlegt, was ich jetzt tun könnte.

Ich würde zurück nach Österreich fahren, um etwas Abstand von der Situation hier zu bekommen. Vielleicht wollte ich mich auch nur in Erinnerungen stürzen, um endlich damit abschließen zu können. Ehrlich gesagt wusste ich selbst nicht so genau, was ich dort wollte. Aber das war besser, als hier weiter Liam täglich über den Weg zu laufen, denn mir war klar, dass er noch nicht so schnell aufgeben würde.

Zum Glück hatte ich von meinem Nebenjob als Nachhilfelehrerin von Grundschülern letztes Jahr genug Geld gespart und konnte mir so die Zugtickets kaufen und hatte noch etwas Geld für dort übrig.

Ich packte meine Tasche und machte mich dann ganz leise auf den Weg nach unten. Ich hinterließ meinem Vater einen Zettel.

Hallo Papa,
Ich bin ein paar Tage weg.
Bitte mach dir keine Sorgen.
Falls Claire fragt, ich melde mich, wenn ich zurück bin.
Ich hab dich lieb.
Fay

Meine Jacke und die Schuhe zog ich erst draußen an, um meinen Vater nicht zu wecken.

Ich nahm den Bus zum Bahnhof und stieg dort in meinen Zug. Ich hatte in der Nacht genug Zeit gehabt, um alles zu planen und zu buchen.

Dass ich die Nacht nicht genug geschlafen hatte, merkte ich letztendlich dann doch und schlief im Zug ein.

Ich wachte zwischendrin immer wieder auf, ging ins Zugbistro, holte mir dort etwas zu essen, trank einen Kaffee und vertrat mir etwas die Beine.

Je später es wurde, desto voller wurde auch der Zug; zum Glück blieb der Platz neben mir die ganze Fahrt über frei.

Ich stieg an unserem ehemaligen Wohnort aus und schaute mich auf dem Bahnsteig erst einmal um. Mir wurde klar, dass ich damals nicht besonders auf die Umgebung geachtet hatte. Denn wie mir jetzt einfiel, war mir nicht klar, wo ich ein Hotel oder so etwas finden würde.

Ich merkte bereits jetzt, dass es keine schlaue Idee war, einfach so herzukommen. Klar, *einfach so* war die falsche Bezeichnung, schließlich hatte ich eigentlich alles genau durchdacht, allerdings hatte ich tatsächlich nur die Zugfahrt gebucht.

Ich verfluchte mich, dass ich nicht besser geplant hatte und wieder einmal wurde mir bewusst, wieso mir Spontanität nicht lag.

Ich überlegte, was ich jetzt machen sollte. Ich schaute mich um, in der Hoffnung, eine Idee zu bekommen. Ich könnte auch im Internet nachgucken. Irgendetwas wird es hier sicher geben.

Doch ehe ich mein Smartphone in der Hand hatte, entdeckte ich das Schild *Polizei*.

Die müssten doch sicherlich wissen, wo ich etwas zum Schlafen finden könnte. Wahrscheinlich hatten sie zwar besseres zu tun, aber schließlich heißt es nicht umsonst *Dein Freund und Helfer*, oder?

Ich nahm meine Tasche und ging die Treppen rauf in die Richtung, in die das Schild zeigte. Die Polizeiwache war tatsächlich gegenüber des Bahnhofs.

Ich überquerte die freie Straße und steuerte auf den Eingang zu.

Ich wollte gerade die Tür öffnen, als eine männliche, kräftige Hand, an mir vorbei, den Türgriff in die Hand nahm und die Tür aufzog. Verwundert drehte ich den Kopf und schaute an dem Mann hoch und wurde bei seinem Anblick augenblicklich rot. Verdammt. Er sah mehr als nur gut aus und kam mir seltsamerweise sehr bekannt vor. Ich konnte mein Blick nicht von ihm wenden und das trieb mir noch mehr Röte ins Gesicht.

„Hey, wolltest du nicht da rein?", riss er mich aus meinem Starren. Er schaute mich mit einem Blick an, den ich nicht deuten konnte. Etwas funkelte in seinen Augen auf.

Ich konnte nicht anders, als seinem Blick standzuhalten.

„Sag mal, kennen wir uns nicht irgendwoher?", brach er die Stille.

Ich musste lächeln.

„Das habe ich mich auch gerade gefragt. Ich glaube schon, ich weiß aber grad nicht woher."

Ich machte eine Pause, bis mir auffiel, wie unhöflich ich war, weil ich mich noch nicht vorgestellt hatte

„Ich bin Fay.", sagte ich und streckte ihm meine Hand entgegen. Er ließ die Tür, die er immer noch aufhielt, los und ergriff meine Hand.

„Ich bin Tobi." Er lächelte mich an.

Ich wartete darauf, dass mir sein Name etwas sagte, aber das tat es nicht.

Ein weiterer Moment verstrich, in dem wir einfach nur dastanden und uns ansahen.

„Sag mal, wollen wir hier noch weiter rumstehen oder hast du Lust, mit mir einen Kaffee trinken zu gehen?"

Als ich nicht sofort antwortete, redete er weiter.

„Tut mir leid, ich will dich nicht abhalten, du wolltest ja gerade da rein."

Erneut ergriff er die Tür und hielt sie mir auf. Ich schüttelte den Kopf. „Das macht nichts, ich wollte nur fragen, ob sie wissen, wo ich schlafen könnte, also irgendein Hotel oder so. Aber vielleicht weißt du ja, wo hier sowas ist?"

„Ist es nicht etwas ungewöhnlich zu verreisen, ohne sich im Voraus zu informieren, wo man schlafen möchte?"

Ich schaute verlegen zu Boden, konnte aber in seiner Stimme hören, dass er mich nur necken wollte.

„Es war alles etwas spontan", murmelte ich in Richtung Boden, weil ich merkte, wie ich schon wieder rot wurde. Er stieß mich leicht mit dem Ellbogen an.

„Hey, das war nicht böse gemeint."

„Ich weiß, es ist nur so, dass mir der Einfall, hierher zu fahren, heute Nacht um drei kam und auf die Idee, mir ein Hotel zu suchen, bin ich leider nicht gekommen."

„Nachts um drei? Das nenn ich mal wirklich spontan. So spontan siehst du aber gar nicht aus", stänkerte er weiter. Ich wusste, was er meinte; ich war normalerweise auch alles andere als spontan. Und ich wusste auch, dass man mir das ansah.

Ich war eher ein Fan eines geregelten Ablaufs. Einer Struktur und Verbindlichkeit.

„Wie sieht man denn *spontan* aus?"

Ich hob den Kopf und musste lächeln. Tobi schaute mich verwirrt an.

„Das kann ich dir nicht erklären, aber du siehst eher geplant aus, oder irre ich mich und du bist die Spontanste, die es gibt?" Er strahlte mich an und ich konnte nicht anders, als sein Strahlen zu erwidern.

„Nein, da hast du leider recht. Ich bin nicht spontan. Man sieht ja, was ´bei rauskommt, wenn ich es versuche." Wir grinsten uns gegenseitig an. Er hatte inzwischen die Tür erneut losgelassen.

„Also, hast du Lust auf einen Kaffee? Dann kann ich dir erzählen, wo es hier was zum Schlafen gibt."

Ich nickte. „Kaffee ist eine gute Idee."

„Dann komm, ich weiß, wo man was Gutes bekommt, dafür müssen wir allerdings wir kurz fahren."

Mein Herz machte einen Sprung. „Fahren? Womit?" Ich musste ihn ziemlich entsetzt angeguckt haben, denn er lachte. „Mit dem Auto oder ist das ein Problem für dich? Wir können allerdings auch laufen, oder wir suchen uns Pferde. Beide Optionen würden allerdings etwas dauern" Er musste selber über seine Ironie lachen.

Ich musste ebenfalls lachen, atmete erleichtert aus und schüttelte den Kopf. Ich wusste nicht, an was ich sonst gedacht hatte.

Ich kam mir so bescheuert vor. Ich tappte von einer peinlichen Situation in die nächste.

Er griff nach meiner Tasche und schaute mich fragend an.

„Darf ich dir die abnehmen? Mein Auto steht zwei Straßen weiter, dann musst du die nicht schleppen." *Wie aufmerksam,* dachte ich. Ich nickte und lächelnd reichte ich sie ihm.

„Dankeschön."

Während wir zum Auto liefen, erwischte ich mich dabei, wie ich immer wieder zu ihm schaute und ihn beobachtete.

Seine breite, muskulöse Statur erinnere mich an Liam. Ich schüttelte leicht den Kopf, in der Hoffnung, ich könnte so den Gedanken an Liam verdrängen.

Wir liefen schweigend zu seinem Auto. Allerdings war diese Art von Stille eine gute.

In meinem Leben hatte ich dies bis jetzt allerdings nur bei ein paar Menschen erlebt. Und er war einer dieser wenigen Menschen.

Tobi blieb vor einem silbernen Cabrio stehen.

Ich schaute ihn entgeistert an. „*Das* ist dein Auto?" Tobi war nicht sehr viel älter als ich, wie in Gottes Namen konnte er sich das bitte leisten?

„Meine Eltern", beantworte er meine Frage, als könnte er Gedanken lesen. Ich nickte und fragte nicht weiter nach. Er schloss das Auto per Funk auf und packte meine Tasche in den Kofferraum. Ich öffnete die Tür, stand aber immer noch wie versteinert an der Beifahrertür und traute mich nicht, mich reinzusetzen. Die Sitze waren aus Leder und das Auto war so sauber, dass ich Sorge hatte, ich würde es schmutzig machen, wenn ich mich nur hineinsetzen würde. Tobi stand auf einmal neben mir und riss mich aus meinen Gedanken.

„Willst du nebenherlaufen, oder dich vielleicht doch lieber ins Auto setzen?"

Ich schaute ihn verunsichert an, schüttelte dann den Kopf und setzte mich.

Er wartete, bis ich eingestiegen war, um dann die Tür für mich zu schließen. Erst dann ging er um das Auto und setzte sich hinter's Lenkrad.

„Dein Auto ist so verdammt sauber." Ich schaute mich um und entdeckte im gesamten Auto nicht ein einziges Staubkorn.

„Ja, ich hasse es, wenn mein Auto unordentlich ist."

„Aber das hier ist mehr als nur ordentlich. Es sieht wie neu aus." Er musste lachen.

Das Auto roch sogar noch nach neuem Leder.

Ich saß steif auf meinem Sitz und traute mich nicht, mich anzulehnen. Tobi schaute immer wieder zu mir und grinste jedes Mal. Es entging ihm natürlich nicht, wie unwohl ich mich fühlte.

„Was wolltest du denn eigentlich bei der Polizei?", fragte ich ihn.

„Ach, 'nen Kumpel von mir ist seit 'nen paar Tagen verschwunden, und da seine Eltern sich weigern, zur Polizei zu gehen und ihn als vermisst zu melden, wollte ich das vorhin tun." Er sagte das so beiläufig, als wäre das keine große Sache. „Warum bist du dann mit mir weggegangen? Du hättest doch erst die Vermisstenanzeige machen können, bevor wir gehen. Und warum kümmern sich denn seine Eltern nicht darum?"

Ich steigerte mich da rein und musste mir selbst zureden, dass ich mich beruhigen müsste.

„Keine Sorge, das ist keine große Sache. Er ist öfters mal weg, das ist der Grund, weshalb seine Eltern nichts machen, und das ist jetzt auch nicht so schlimm, dass ich die Anzeige heute nicht aufgegeben habe. Wahrscheinlich ist er Ende der Woche eh wieder da. Ich denke, der ist zu seiner Ex-Freundin gefahren. Er hat die letzten Tage, bevor er abgehauen ist, ziemlich viel von ihr geredet."

Mir blieb der Atem weg. Liam hatte solche Aktionen auch gut drauf. Einfach zu verschwinden, ohne einen Ton zu sagen und ein paar Tage später wieder aufzutauchen und so zu tun, als wäre nichts gewesen. Ich schaute betreten auf meine Hände, die ineinander verschränkt in meinem Schoß lagen. Tobi legte seine Hand auf meine beiden Hände, drückte sie kurz und als ich ihn ansah, schaute ich ihm den Bruchteil einer Sekunde direkt in seine braunen Augen und es fühlte sich an, als ob sich die Welt auf einmal langsamer bewegen würde.

„Mach dir keine Sorgen. Er wird wieder auftauchen. Du hast mich von nichts abgehalten." Ich versuchte, mir ein Lächeln aufzuzwingen.

Es war nett von ihm, zu versuchen mich zu beruhigen, auch wenn er gar nicht wusste, was wirklich los war.

Den Rest der Fahrt schwiegen wir. Ich wusste nicht, was ich sagen oder fragen sollte, dennoch empfand ich die Stille zwischen uns erneut nicht als unangenehm. Ich musste immer wieder daran denken, was Tobi gesagt hatte. Konnte es vielleicht sein, dass die beiden sich kannten? Sollte ich mit ihm darüber reden? Ich könnte ihn ja auch einfach nach dem Namen von seinem Freund fragen. Das wäre unauffällig. Aber wollte ich die Antwort wissen?

Ich beschloss, es erstmal für mich zu behalten. Wahrscheinlich stimmte meine Vermutung doch nicht. Und falls ich es doch genauer wissen wollen würde, könnte ich ja immer noch fragen.

Er parkte am Straßenrand. Ich schaute mich um und entdeckte ein kleines Café auf der anderen Straßenseite. Es sah etwas schäbig aus und ich fragte mich, ob Tobi das richtige Café angestrebt hatte. Er stieg aus. Anscheinend schon. Etwas zögerlich stieg ich ebenfalls aus und ging ich ihm hinterher. Er drehte sich um und sah, dass ich etwas zurückhing und streckte mir seine Hand entgegen.

„Komm!"

Ich nickte und ergriff wie selbstverständlich seine Hand. Ich merkte, wie er mich zu sich zog und selbst als ich bei ihm war, ließ er meine Hand nicht los und ich zog meine auch nicht weg.

Es gefiel mir, dass er meine Hand hielt, es fühlte sich so vertraut an, als ob wir uns schon ewig kennen würden.

Hand in Hand schlenderten wir auf den weißen Eingangsbogen des Cafés zu. Tobi ließ meine Hand los und ich merkte, wie sich ein Hauch von Enttäuschung in mir breitmachte. Ich schob dieses Gefühl schnell beiseite.

Er trat vor, um mir die Tür aufzuhalten und ich biss mir auf die Lippe. Ich hasste es, einen Raum als erste zu betreten, aber ich atmete tief durch, zwang mir ein Lächeln aufs Gesicht und trat an ihm vorbei in das Café. Drin war es ziemlich dunkel und es roch etwas muffig, aber beim genauen Hinsehen war es nett und liebevoll eingerichtet. Rechts war direkt die Getränketheke. Dort saßen ein paar ältere Herren, die bereits Bier tranken. Am Ende der Theke saßen zwei junge Männer, so etwa in Tobis Alter. Sie unterhielten sich, während sie gemeinsam auf das Handy starrten. Links in dem Raum waren ein paar Tische aufgestellt, falls man etwas richtiges Essen wollte. Dort war allerdings nur ein Tisch belegt. Vor dem Tresen ging es rechts lang nach hinten. Anscheinend gab es dort noch einen Raum.

„Hallo Tobi, heute mit Begleitung? Das freut mich aber. Setzt euch, ich bin gleich da."

„Hallo Sophie."

Eine junge blonde Dame um die 30 begrüßte uns und lächelte mir zu. Sie drehte sich um und wirbelte zum nächsten Tisch, um die Kunden dort zu bedienen. Gedankenverloren merkte ich, wie Tobi wieder meine Hand ergriff und mich zielstrebig nach hinten in den anderen Raum und an einen Tisch führte.

Er war definitiv schon öfter hier gewesen.

„Ist der Tisch hier okay für dich? Wenn nicht, können wir auch woanders hin, wie du magst." Er schaute mich verunsichert an, aber mir war es ganz recht, dass er entschied, denn auch Entscheidungen treffen war nicht meine Stärke. Ich schüttelte den Kopf und sah, dass sich Enttäuschung in Tobis Augen widerspiegelte.

„Nein, der Platz ist gut.", fügte ich schnell hinzu, da ich sah, dass er mich falsch verstanden hatte. Er entspannte sich sichtlich.

„Also, wie es scheint, bist du öfters hier?"

„Ja meine Freundin hatte mir das Café damals gezeigt und seitdem war das unser Stammplatz, aber seit einem Jahr komme ich ab und an nur noch alleine her. Deswegen war Sophie vorhin auch so überrascht, dass ich wieder eine Begleitung bei mir habe." Ich hörte an seiner Stimme, wie er versuchte, es wie das Normalste der Welt klingen zu lassen. Es blieb beim Versuch: Es gelang ihm nicht.

„Was ist passiert? Habt ihr euch getrennt oder warum warst du dann immer alleine hier?" Direkt nachdem ich es ausgesprochen hatte, bereute ich es auch, denn ich merkte, dass das etwas zu neugierig war. Die Hitze stieg mir ins Gesicht.

„Tut mir leid, das geht mich nichts an. Tut mir leid, manchmal bin ich einfach zu neugierig."

Ich sah Schmerz in seinen Augen und schämte mich, dass ich überhaupt gefragt hatte. Es war wohl mehr als nur eine Trennung. Ich kannte diesen Schmerz, den ich in seinen Augen sah und konnte ihn selbst spüren. Ich bekam Gänsehaut.

„Schon gut. So könnte man das nennen, dass wir getrennt sind." Ich wunderte mich über seine Ausdrucksweise: *So könnte man das nennen.*

Was das wohl heißen mochte, aber diesmal fragte ich nicht weiter. Den Schmerz wollte ich nicht noch einmal in seinen Augen sehen. Stattdessen nickte ich nur und überlegte, worüber wir reden könnten, um die jetzt peinliche Stille zu brechen.

Sophie kam zu uns an den Tisch und erlöste uns von dem Schweigen.

„So ihr Lieben, wisst ihr schon, was ihr wollt?" Tobi sah mich fragend an.

„Ich hätte gerne einen Cappuccino und ein Stück Kuchen. Welchen hätten Sie denn?"

„Wir haben heute Pflaumen-, Erdbeer- oder einfachen Streuselkuchen da."

Ich überlegte kurz.

„Ich nehm' dann einmal Erdbeere bitte."

„Alles klar und du Tobi?"

„Ich nehme einfach nur einen großen Kaffee, bitte." Ich war erneut verwundert, dass sie seinen Namen kannte, bis mir einfiel, dass er ja auch ihren kannte.

Sophie. Blond, ca. 1,70 m groß, Modelmaße und bildhübsch. Ich merkte, dass so etwas wie Neid in mir aufstieg und zugleich war eingeschüchtert von ihrem Aussehen.

Sie nickte und lächelte ihn an, während sie ihm aufmunternd die Schulter drückte, danach drehte sie sich um und ging.

Tobi musste meinen verwunderten Blick gesehen haben, denn er versuchte sich zu rechtfertigen.

„Sophie kennt mich schon seit Jahren und hat die Geschichte mit meiner Freundin miterlebt." Unsicher schaute er auf die Tischplatte.

„Ist schon okay, du musst mir nichts erklären." Ich versuchte, ihm das Gefühl zu nehmen, er wäre mir eine Erklärung schuldig.

Er versuchte zu lächeln. Ich sah, dass es seine Augen nicht erreichte.

„So, was machst du denn, wenn du dich nicht gerade um vermisste Freunde kümmern musst?", versuchte ich die Stimmung zu lockern. Er richtete sich auf und atmete erleichtert auf.

„Ich arbeite als Immobilienmakler in der Firma meiner Eltern." Ich nickte, weil mir nicht einfiel, was ich dazu sagen sollte. Immobilienmakler war nie ein Beruf, den ich sonderlich interessant fand.

„Ja ich weiß, ziemlich langweilig." Er machte eine Pause. „Was machst du denn so, wenn du nicht gerade ungeplante Reisen antrittst?" Er grinste mich schief an und steckte mich mit seinem Lächeln an.

„Ich bin noch langweiliger, ich gehe noch zur Schule. Ich mache gerade mein Abi."

„Das ist doch nicht langweilig, ich finde das toll. Weißt du denn schon, was du danach machen möchtest? Willst du studieren oder eventuell ein duales Studium oder eher eine Ausbildung machen?"

Er blühte bei dem Thema völlig auf und ich fragte mich, warum ich diese Begeisterung nie empfand. Er stellte genau die Fragen, die mein Vater mir schon seit Monaten stellte und ich würde auch Tobi das Gleiche antworten wie meinem Vater:

„Ich weiß es ehrlich gesagt noch nicht so genau. Aber auf Studieren habe ich nicht sonderlich viel Lust. Nach dreizehn Jahren Schulbank reicht es eigentlich, also wahrscheinlich Ausbildung, aber ich weiß noch nicht genau, was."

„Gut, das kann ich auch wieder verstehen. Du hast ja zum Glück auch noch etwas Zeit, um dir ′ne Ausbildung auszusuchen."

Sophie kam zu uns und brachte unsere Bestellung. Der Erdbeerkuchen sah fantastisch aus. Wir bedankten uns, sie wünschte mir einen guten Appetit und ging dann wieder.

Ich nahm die erste Gabel vom Kuchen und musste mich zusammenreißen, damit mir kein genussvolles Stöhnen rausrutschte. Er schmeckte genauso gut wie er aussah. Stattdessen brummte ich genüsslich und Tobi musste daraufhin grinsen. Ich schob den Teller zu ihm und schaute ihn fragend an. Er schüttelte lächelnd den Kopf und lehnte den Kuchen ab. Achselzuckend nahm ich eine zweite Gabel und schob sie mir in den Mund.

„Von wo kommst du denn eigentlich?", fragte Tobi. Ich schluckte den Bissen, den ich grade noch im Mund hatte, runter, bevor ich antwortete.

„Ich wohne in Berlin."

Seine Augen weiteten sich.

„Ich hab' damals auch in Berlin gewohnt, die ganze Grundschulzeit über. Warte, auf welcher Grundschule warst du?"

Wir schienen langsam auf die Spur zu kommen, woher wir uns kannten.

„Ich war auf der privaten Schule in Steglitz."

Tobi fing an zu lachen.

„Ich auch."

Da hatten wir den Punkt, woher wir uns kannten.

„Aber wir waren nicht in einer Klasse, daran würde ich mich erinnern und außerdem bist du ja doch etwas jünger als ich." Da hatte er allerdings recht. Ich hatte auch ein gutes Gedächtnis, was Gesichter angeht und wusste noch von jedem aus der ersten Klasse den Namen und das passende Gesicht dazu.

„Na, wie alt bist du denn, dann wissen wir, wie viele Klassen du über mir warst.", fragte ich ihn.

„Ich bin 21. Und wenn du Abi machst, dann wirst du etwa 18 sein. Du siehst nicht so aus, als wärst du mal sitzen geblieben." Es hörte sich nicht wie eine Frage an. Es war auch nicht nötig, denn er hatte gut kombiniert und somit nickte ich nur.

„Das heißt, ich war drei Klassen über dir." Kein Wunder, dass mir sein Name nichts sagte. Ich hatte nichts mit den Leuten über oder unter meine Klassenstufe zu tun.

Wir sprachen noch eine Weile über die Grundschule und über die Lehrer und ich merkte, wie ich die Zeit mit ihm genoss. Wir hatten die gleichen Lieblingslehrer und die gleichen Hasslehrer. Erdkunde konnte er genauso wenig leiden wie ich. Sehr sympathisch.

Ich schaute zufällig auf meine Armbanduhr und erschrak. Die Zeit war wie im Flug vergangen.

„Verdammt.", murmelte ich. Es war schon sechs Uhr abends und ich musste mir noch etwas zum Schlafen suchen. Ich ärgerte mich, dass ich die Zeit so aus den Augen verloren hatte.

„Was ist denn?", fragte Tobi etwas besorgt.

„Es ist schon so spät und ich muss mir noch eine Bleibe für die nächsten zwei Nächte suchen und ich hab' keine Ahnung, wo hier was ist."

Ich merkte, wie ich immer verzweifelter klang.

Deswegen hasste ich es, ungeplant durchs Leben zu gehen. Ich fluchte innerlich alle Schimpfwörter, die ich kannte.

Tobi legte eine Hand auf meine und ich schaute ihn an. Er hatte einen ganz weichen Ausdruck auf dem Gesicht.

„Hey", sagte er mit ganz weicher und zärtlicher Stimme. Etwas in seinem Blick und in seiner Stimme ließ mich zur Ruhe kommen. Das Fluchen hörte augenblicklich auf.

„Aber, ich muss los.", versuchte ich ihm klar zu machen, worum es mir ging. Er schüttelte den Kopf und ich verstand weder, was er meinte, noch was er wollte.

„Ich mache dir einen Vorschlag. Was hälst du davon, wenn du bei mir die zwei Nächte verbringst? Du bist nicht dazu verpflichtet, dich mit mir zu unterhalten oder etwas mit mir zu machen, du kannst einfach nur bei mir schlafen. Ich habe ein Gästezimmer, was sowieso immer frei ist. Also meine Eltern, aber die sind gerade geschäftlich unterwegs."

Er schaute verlegen auf den Tisch. Seine Hand ruhte immer noch auf meiner. Als auch ihm das bewusst wurde, nahm er sie weg und legte sie auf seinen Schoß.

Ich wusste nicht so recht, was ich von seinem Angebot halten sollte. Ich kannte ihn schließlich nicht wirklich. Wir sind zwar vor Jahren auf einer Schule gewesen, aber wir hatten nie etwas miteinander zu tun gehabt.

Andererseits blieb mir nichts anderes übrig. Ich wusste nicht wohin und er bot mir eine Lösung für mein Problem.

Er merkte, wie unsicher ich mir war, aber ihm fiel auch nichts weiter ein, was er hätte sagen können, um mich zu überzeugen. Nach einer gefühlten Ewigkeit entschied ich mich dann endlich.

„Das ist sehr freundlich von dir, mir das anzubieten und ich würde dein Angebot gerne annehmen."

Er schaute hoch zu mir und grinste mich breit an.

„Perfekt. Wollen wir dann los?" Ich nickte.

Er rief Sophie zu uns und fragte nach der Rechnung, die er, wie ein Gentleman, bezahlte. Ich hatte ihm angeboten, ihm das Geld für meine Bestellung zu geben, allerdings winkte er ab. Also bedankte ich mich bei ihm für die Einladung, während wir zurück zum Auto liefen.

„Wenn du heute allerdings noch was essen willst, müssen wir noch einkaufen gehen. Ich habe nichts zuhause. Wir könnten ja etwas kochen.", sagte er, nachdem er losgefahren war. „Falls du Lust hast, Zeit mit mir zu verbringen.", fügte er noch schnell hinzu. Ich antwortete nicht sofort, nicht, weil ich keine Zeit mit ihm verbringen wollte, sondern weil ich überlegte, ob ich heute wohl noch etwas essen wollte. Denn der Erdbeerkuchen hatte mich ganz gut gesättigt.

„Ich weiß, ich habe ja gesagt, du musst nichts mit mir machen, sondern kannst einfach nur bei mir wohnen und das habe ich auch so gemeint, also wenn du keine Lust hast, mit mir zusammen zu kochen, dann koche ich was und du kannst später davon was essen. Oder so." Verunsichert kratzte er sich am Nacken.

Ich fand es süß, wie verunsichert er war und ich verstand, dass er dachte, dass ich keine Lust hätte, mit ihm Zeit zu verbringen. Ich legte ihm eine Hand auf den Arm, während er fuhr, um ihn zu beruhigen.

„Ich würde gerne mit dir kochen, ich habe nur schon mal überlegt, was wir kochen könnten, denn eine besonders gute oder gar kreative Köchin bin ich leider nicht."

Und da breitete sich schon wieder dieses wundervoll herzliche Lächeln auf seinem Gesicht aus.

„Das macht rein gar nichts, ich bin auch einfach nur mit Nudeln und Tomatensoße zufrieden."

Sein Lächeln steckte an und ich lächelte zurück.

„Na, das war ja einfach, ein Abendbrot zu finden. Zum Glück müssen wir dafür nicht so viel einkaufen."

Nach nur ein paar Minuten hatten wir einen Supermarkt erreicht. Tobi parkte auf dem Kundenparkplatz. Wir stiegen aus und gingen in den Laden. Tobi nahm sich einen Korb, ging vor und ich folgte ihm

Wir sammelten alles ein, was wir für unser Kochabenteuer bräuchten und gingen zur Kasse. Ich beobachtete, wie Tobi unseren Einkauf auf das Band legte und musste schmunzeln. Er legte die Ware mit einem System aufs Band. Genau wie ich legte er erst die schweren und zum Schluss die zerbrechlichen Waren aufs Band.

„Fay??" Eine Frauenstimme, die ich kannte, riss mich von Tobi, ich drehte mich um und sah die Kassiererin an, die nach mir gerufen hatte. Ich erkannte sie sofort.

„Mary!!"

Ich lachte und ging um das Band zu ihr, um sie zu umarmen. „Mensch du bist ja noch schöner als vor einem Jahr. Was machst du hier? Ich dachte, du bist weggezogen? Und wer ist denn deine gutaussehende Begleitung, dein Freund, von dem du mir damals erzählt hattest?" Den letzten Satz flüsterte sie, damit Tobi ihn nicht hören konnte. Sie grinste und zwinkerte in Richtung Tobi. Ich merkte, wie ich rot wurde, denn mir war natürlich bewusst, *wie* gut Tobi aussah. Der uns übrigens ganz verwirrt anschaute.

„Dankeschön, aber du hast dich auch nicht schlecht gemacht, stieß ich sie an.

„Das ist Tobi, ich hab' ihn vorhin erst getroffen, naja eigentlich kennen wir uns schon. Wir waren auf der selben Grundschule. Jedenfalls lässt er mich die nächsten zwei Nächte bei ihm schlafen, bevor ich wieder zurück nach Berlin fahre."

„Ah, Tobi. Meine beste Freundin hatte einen Freund namens Tobi."

Ich sah zu Tobi, der schaute zu Boden, aber ich wusste, dass er jedes Wort verstand und ich meinte zu sehen, wie er sich bei Marys Satz verkrampfte und bleich wurde.

„Hatte?", kam diesmal von Tobi. Ihr Lächeln verstarb und jegliche Farbe wich ihr aus dem Gesicht.

„Sie ist vor vier Monaten bei einem Autounfall gestorben."

Ich sah die Trauer in ihren Augen und nahm sie augenblicklich in den Arm. Sie hatte mir damals so viel von ihr erzählt, dass ich immer der Meinung war, ich würde sie auch kennen, obwohl ich sie nie getroffen hatte. Dass sie jetzt tot war, versetzte auch mir einen Stich.

„Könnten Sie eventuell so freundlich sein und weiter kassieren? Ich habe leider nicht ewig Zeit.", riss uns eine ältere Damenstimme auseinander.

„Aber natürlich, entschuldigen Sie Frau Maier." Mary warf mir einen entschuldigenden Blick zu und machte sich dran, erst Frau Maier abzukassieren und dann unseren Einkauf zu scannen.

„Du sagtest, die nächsten beiden Nächte bist du noch hier? Hättest du morgen Zeit und Lust, einen Kaffee trinken zu gehen?", fragte Mary mich zwischendurch. Ich nickte und war begeistert von ihrer Idee.

„Das ist eine tolle Idee. Schreib mir am besten deine Handynummer auf den Bon, dann schreib ich dir nachher noch ´ne Nachricht."

Tobi war schon drauf und dran, auch diese Rechnung zu übernehmen, aber das ließ ich diesmal nicht zu. Ich bestand darauf, dass ich bezahlte und wir verließen den Laden mit einer Tüte und dem Bon mit Marys Handynummer drauf. Ich hatte ihr meine ebenfalls gegeben, falls ich nicht dran dachte, ihr zu schreiben.

Ich sah Tobi an, dass er immer noch verwirrt war.

„Ihr kanntet euch?"

Ich merkte, wie er versuchte, beiläufig zu klingen, aber mir war klar, dass er auf etwas Bestimmtes hinauswollte.

„Ja."

Ich überlegte kurz und entschied mich, ihm die Kurzversion zu erzählen.

„Ich hab´ bis letztes Jahr hier gewohnt. Mein Vater war für zwei Jahre beruflich hierher versetzt worden und da hab´ ich Mary kennen gelernt."

Er nickte und schaute auf den Boden, während wir zum Auto liefen.

„Sag mal, ihre Freundin, die einen Freund hatte, der so heißt wie ich, kanntest du die?"

Ich wunderte mich über die Frage.

„Nee, das war ihre beste Freundin, ich hab´ sie nie gesehen, ich hab immer nur in Erzählungen von ihr gehört."

„Ah, okay."

Ich merkte, wie ihn das beschäftigte, aber etwas in mir sagte mir, dass ich lieber nicht fragen sollte. Also ließ ich es.

Der Rest des Weges zum Auto verlief schweigend. Ich schaute ihn immer mal wieder zwischendrin von der Seite an, aber er war total in Gedanken versunken und bemerkte meine Blicke nicht.

Er schloss das Auto auf und setzte sich hinter das Steuer, sackte zusammen und vergrub das Gesicht in den Händen. Ich setzte mich auf den Beifahrersitz und legte ihm eine Hand auf den Rücken. Ich wusste nicht, wie ich ihn sonst hätte trösten können.

Ich hatte keine Ahnung, was los war, aber egal, was es war, es tat ihm weh. Und ich hätte nichts lieber getan, als ihn in den Arm zu nehmen, aber irgendwas in mir sträubte sich dagegen. Ich hatte Sorge, ihm damit zu nahe zu treten.

„Es tut mir leid.", entfuhr es mir, bevor ich richtig nachgedacht hatte. Er schaute mich mit gläsernen Augen an.

„Was?!" Er verstand nicht, was ich damit meinte. Ich war selbst etwas erstaunt, schließlich hatte ich nichts damit zu tun, weswegen auch immer er traurig war.

„Was auch immer mit deiner Freundin passiert ist, es tut mir leid. Ich kenne dich vielleicht nicht besonders gut, aber ich weiß, wie man aussieht, wenn man eine Trennung hinter sich hat, ich weiß aber auch, wie man aussieht, wenn man einen geliebten Menschen an den Tod verloren hat. Ich verlange nicht, dass du mit mir redest, aber ich will, dass du weißt, dass ich verstehe, wie du dich fühlst und ich für dich ein offenes Ohr habe, falls du das Bedürfnis hast zu reden."

Ich bekam Gänsehaut bei meinen eigenen Worten. Wie sehr hatte ich es mir gewünscht, dass mir damals jemand solche Worte gesagt hätte. Umso größer war das Bedürfnis, ihm das so zu sagen.

Ihm rollte eine Träne über die Wange, die er sich schnell wegwischte und in mir löste sich langsam die Welle, die ich seit vielen Jahren erfolgreich zurückhalten konnte. Ich wusste so genau, wie er sich gerade fühlte und wünschte mir so sehr, ihm das abnehmen zu können.

Er sah mich an, immer noch mit dieser tiefen Trauer in den Augen, und ich erwiderte seinen Blick. Ich verlor mich in seinen Augen und ohne nachzudenken wanderte meine Hand an seine Wange und ich fing an, sie mit dem Daumen zu streicheln. Er schloss die Augen und schmiegte sich in diese Berührung. Mein Herz begann schneller zu schlagen. Ich dachte unwillkürlich an Liam und bekam ein schlechtes Gewissen. Ich schaute wieder nach vorne und nahm meine Hand weg.

Er trauerte um seine Freundin und egal, was mein Herz hier gerade für ein Spektakel machte, es war falsch. Ich schaute auf meine Hände in meinem Schoß. Er drehte sich wortlos wieder nach vorne, startete den Motor und fuhr los. Wir schwiegen die Fahrt über. Ich musste immer wieder an die Trauer in seinen Augen denken und fragte mich, ob ich diesen Ausdruck damals auch hatte oder sogar immer noch habe. Ich dachte an Liam und ob er seit damals jemals so traurig ausgesehen hatte wie Tobi.

Da fiel mir ein, dass ich heute noch nicht einmal auf mein Handy geschaut hatte.

Ich nahm meine Tasche und kramte mein Handy raus. Ich hatte es auf lautlos gestellt, weil ich wusste, dass ich von Nachrichten und Anrufen nicht verschont bleiben würde. Ich drückte auf den Homebutton und ich hatte recht.

5 entgangene Anrufe und 3 neue Nachrichten

Ich schaute mir als erstes die Anrufe an. Zwei von ihnen waren von meinem Vater, aber ohne Mailbox-Nachricht. Einer war von Claire und die letzten beiden von Liam. Alle, ohne auf die Mailbox zu reden.

Als nächstes öffnete ich die erste Nachricht.

Papa

Liebling, jetzt melde dich doch bitte.
Ich mache mir echt wahnsinnige Sorgen um dich.
Sag einfach nur Bescheid, dass alles gut ist bei dir, okay?
Ich hab' dich ganz doll lieb,
Papa.

Ich beschloss, ihm kurz zu antworten:

Hey Papa, es ist alles gut bei mir. Ich bin bald wieder zuhause.
Mach dir keine Sorgen.
Hab dich lieb.

Die zweite Nachricht:

Liam

Fay! Was soll der Scheiß?
Wo bist du in Gottes Namen?
Was soll das heißen, du bist verreist?
Das glaubst du wohl selber nicht, du fährst nie irgendwo alleine hin. Melde dich!
Liam

Ich schnaufte nur und ignorierte die Nachricht. Er war schließlich der Grund, warum ich Abstand wollte. Ich bemerkte, wie Tobi zu mir rüber schaute, jedoch sagte er nichts.

Die letzte Nachricht:

Claire

Fay!!!
Sag mal, wozu hast du ein Handy, wenn du es nie benutzt?
Geh doch mal ran, wenn man dich anruft!
Was soll das heißen, du bist weg, und wann kommst du wieder? Mensch, Fay, was ist bloß los mit dir in letzter Zeit? Es hat sicher was mit Liam zu tun, oder?
I miss u!
Claire

Ich wollte nicht, dass sie sich Sorgen machte, also antwortete ich.

Hey Claire,
tut mir leid, aber ich wollte einfach Abstand. Dass Liam aufgetaucht ist, war einfach zu viel. Und dann hab' ich auch noch Riesenmist gebaut. Ich hab' mit ihm geschlafen. Nimm's mir nicht übel, wir sehen uns nächste Woche.

Gerade als ich mein Handy wegstecken wollte, vibrierte es erneut.

Liam

Warum bekomme ich keine Antwort, aber Claire schon?

Ich ignorierte auch diese Nachricht, bis ich begriff, dass ich den Namen Claire nie vor Liam erwähnt hatte und die beiden sich meiner Meinung nach nur kurz am Jugendtreffplatz gesehen hatten. Ich redete mir ein, dass sie sich am Jugendtreffplatz vorgestellt haben mussten. Dennoch fragte ich mich, woher er wusste, dass ich Claire geantwortet hatte.

Ich konnte nicht weiter darüber nachdenken, denn Tobi parkte den Wagen vor einem großen Haus.

Nein, Haus war untertrieben, es war eine Villa. Ich blieb mit offenem Mund im Auto sitzen. Tobi stand neben meiner Tür und öffnete sie. Er sah grinsend zu mir hinab.

„Du lässt dich gerne wie eine richtige Dame behandeln, nicht wahr?"

Ich sah ihm erst verwundert ins Gesicht, bis ich verstand, dass er dachte, ich wäre sitzen geblieben, nur damit er mir die Tür öffnete.

„Ähm, nein, deswegen nicht." Mehr brachte ich nicht hinaus, aber ich verstand, dass er mich mal wieder nur auf den Arm nahm. Er holte noch meine Tasche aus dem Kofferraum und stand dann mit angewinkeltem Arm neben mir, den er mir hinhielt, damit ich mich einhaken konnte. Ich lachte und spielte mit.

So liefen wir die Treppe zur Haustür hoch. Er löste die Verhakung und kramte aus seiner Hosentasche seinen Haustürschlüssel.

Ich konnte immer noch nicht glauben, wie Tobi wohnte.

Er öffnete die Haustür und schon der Flur haute mich noch mehr von den Socken als der Anblick der Villa von außen. Es lag ein hellbeiger Teppich aus und die Wände waren schlicht weiß gestrichen. Es hingen verschiedene Gemälde von ein und demselben Maler an der Wand. Die Zeichentechnik spiegelte sich in jedem wider. Ich ging zu dem ersten Bild und schaute es an.

Tobi ging an mir vorbei und ich hörte, wie er meine Tasche abstellte und zurückkam. Er stellte sich neben mich und zusammen betrachteten wir das Gemälde, wobei ich sicher war, dass er sich das schon öfter als nur ein Mal angeschaut hatte.

Wie aus dem Nichts drehte er sich zu mir um und packte mich an der Taille und warf mich über seine

Schultern, als würde ich nichts wiegen. Ich quietschte erschrocken auf.

„Sorry Fay, aber du bist mir zu langsam." Ich hörte ihn lachen und lachend strampelte ich und boxte ihm sanft in den Rücken.

„Ey, lass mich runter.", protestierte ich. Aber er lief, ohne sich beirren zu lassen, weiter ins Wohnzimmer, nahm ich an. Ich sah eine offene Küche kurz an mir vorbeiziehen. Tobi blieb stehen und ließ mich auf der Couch runter.

„Du bist ein Idiot.", meckerte ich lachend und sah, wie er sich grinsend umdrehte und als wäre nichts gewesen in die Küche ging und anfing, die Einkäufe wegzuräumen. Ich setzte mich auf und starrte auf einen riesigen Flatscreen.

„Du hast aber einen kleinen Fernseher."

„Ja, ich weiß, ich will mir eh bald einen Größeren holen.", sagte er mit einer ernsten Stimme.

„Du verarscht mich, oder?" Ich drehte mich zu ihm um und sah ihn grinsen.

„Erwischt."

Ich verdrehte lachend die Augen.

„Wohnst du hier eigentlich oft alleine?"

Ich stand auf und ging zu ihm in die offene Küche und schaute mich um.

„Ja, eigentlich schon. Meine Eltern sind viel unterwegs, sei es privat oder geschäftlich. Außerdem haben sie eine Zweitwohnung in Deutschland. Von daher ist das hier fast wie mein eigenes Haus."

„So lässt es sich sicher gut leben."

Ich grinste ihn an und hoffte, dass er verstand, dass ich ihn nur auf den Arm nahm. Er lächelte mich an. Er hatte es verstanden.

Ich fuhr die Arbeitsplatte mit meiner Hand lang, bis ich bei Tobi angekommen war.

„Was kann ich tun?"

„Du könntest schonmal das Gemüse schneiden, oder das Nudelwasser aufsetzen, oder einfach nur gut aussehen. Such' dir was aus." Ich lächelte verlegen. Ich wusste, dass das nur eine Floskel war, allerdings brachte sie mich trotzdem in Verlegenheit.

Ich schaute mich nach einem Schneidebrett um.

Als hätte Tobi wieder meine Gedanken gelesen, hielt er mir ein Brett vor die Nase.

„Suchst du vielleicht sowas hier?"

Er lächelte mich schief an.

„Ja genau das habe ich gesucht. Sag mal, kannst du Gedanken lesen? Das ist heute schon das dritte Mal, dass du genau das sagst oder tust, was ich gerade denke." Er lachte auf.

„Da kann ich dich beruhigen, ich bin normal, ich kann keine Gedanken lesen. Du bist nur manchmal sowas wie ein offenes Buch, was deine Gedanken angeht."

Ich wurde rot.

Ich wollte nicht, dass er mir ansah, was in mir vorging.

„Hey, das ist doch nichts Schlimmes. Hör auf so zu gucken." Er drehte mich zu sich und legte seine Hände an meine Schulter und zog mich etwas zu sich.

„Ich finde es toll, wenn ein Mädchen nicht so verschlossen ist." Er schaute mir tief in die Augen. Ohne dass ich nachdachte machte ich einen Schritt auf ihn zu und konnte seinen Atem hören. Mein Herz setzte das Spektakel, das vorhin im Auto begonnen hatte, fort.

Mit seinem Blick, fest auf mich gerichtet, erwiderte er meine Bewegung und kam ebenfalls einen Schritt auf mich zu. Ich sah ihm in seine Augen und rührte mich nicht. Mir entging nicht, wie das hier auch an Tobi nicht spurlos vorbei ging. Sein Atem hatte sich beschleunigt und in seinen Augen war nun ein anderer Ausdruck zu sehen. Langsam legte er erst eine und dann die andere Hand an meine Taille. Als würde er mich um Erlaubnis fragen. Ich ließ es zu und spürte, wie meine Haut unter seiner Berührung anfing zu kribbeln. Er zog mich noch näher an sich, bis noch nicht mal ein Blatt zwischen uns passte. Ich legte meine Hände an seinen Hals und musste meinen Kopf in den Nacken legen, um ihm weiter ihn die Augen schauen zu können. Es fühlte sich gut an, ihm so nah zu sein. Es fühlte sich richtig an, so, als ob wir schon ewig miteinander befreundet wären. Dann fiel mir wieder ein, dass ich ihn erst seit ein paar Stunden kannte und auch sein Gesichtsausdruck kam mir wieder in den Sinn, als Mary von seiner Ex-Freundin erzählt hatte. Mein Magen zog sich zusammen.

Ich löste meine Hände von ihm und legte sie stattdessen auf seine Brust und übte sanft Druck aus, um uns zu trennen. Ich wollte nicht, dass er etwas tat, nur um sich nicht einsam zu fühlen. Ich wollte *sie* nicht verdrängen.

Tobi schaute mit einem Gesichtsausdruck, den ich nicht deuten konnte, zu Boden. Es war vermutlich eine Mischung aus Traurigkeit und Verlegenheit.

Ich nahm sein Gesicht in meine Hände und zwang ihn, mich anzugucken.

„Ich bin gerne in deiner Nähe und es fühlt sich gut an mit dir."

„Aber?" Erwartungsvoll sah er mich an.

„Aber ich habe das Gefühl, dass es falsch ist. Ich merke, wie du an deiner Freundin hängst und auch ich hab' da jemanden, das ist zwar etwas anderes, aber..." Er schaute mich so intensiv an und schüttelte mit dem Kopf, dass ich mitten im Satz innehielt und verstummte.

„Ja du hast recht. Ich hänge an ihr und ja, ich habe mehrmals überlegt, was ich hier tue. Denn seit ich dich vorhin bei der Polizei gesehen habe, spinnt alles in mir. Ich hatte das Gefühl, ich würde sie betrügen. Sie hintergehen. Dieses Gefühl hatte ich bis jetzt immer, wenn ich auch nur mit einem Mädchen gesprochen habe. Aber bei dir – ich kann mich nicht dagegen wehren. Mit dir scheint das Leben gerade so einfach. Und das ist das, was ich zurzeit will und brauche. Ich will nicht weiter nachdenken."

Mir fiel ein Stein vom Herzen. Und gleichzeitig berührten mich seine Worte mehr, als ich es für möglich gehalten hätte.

Ich lächelte ihn an. Ich fand es toll, dass es ihm auch so ging. Er hatte recht, das Leben schien unkompliziert, wenn wir zusammen waren. Als wäre nichts unmöglich.

Ich vergaß immer wieder meine Vergangenheit und damit auch Liam immer öfters.

Ich hätte nicht gedacht, dass mein Plan, hier abzuschalten so schnell gelingen würde.

„Also ist das hier völlig okay." Er zog mich noch einmal an sich und in eine sanfte Umarmung, ehe wir uns lösten wieder dem Essen zuwandten.

*

„Hat es dir geschmeckt?" Tobi nahm meinen leeren Teller. Ich lehnte mich zurück und hielt meinen prallen Bauch. Ich atmete schwer aus.

„Ja, es war sehr lecker. Haben wir toll gekocht." Ich hielt ihm meine flache Hand zum Abklatschen hin und er schlug grinsend ein. Er ging an mir vorbei in die Küche und ich hörte, wie er anfing, den Geschirrspüler einzuräumen. Ich stand auf, lief im Wohnzimmer rum und schaute mich um.

„Soll ich dir was helfen?", rief ich ihm in die Küche hinterher. Ich hatte ein doofes Gefühl, so faul durch die Wohnung zu laufen und ihn die ganze Arbeit machen zu lassen.

„Nein, nein, schau dich ruhig weiter um." Ich nickte, obwohl ich wusste, dass er es nicht sah.

Das Wohnzimmer war eher schlicht gehalten. Es hingen keine Bilder an der Wand und auch sonst fehlte es ziemlich an Dekoration. Aber dennoch war der Raum warm und wohnlich.

Ich fühlte mich wohl. Es war das allererste Mal, dass ich mich in einer fremden Wohnung wohl fühlte.

Ich war so in Gedanken vertieft, dass ich nicht merkte, wie Tobi sich anschlich und mich von hinten umarmte.

„Was träumst du so vor dich hin?" Ich zuckte zusammen und drehte mich in seinen Armen um und schaute ihm in die Augen.

„Danke." Er blickte mich verwundert an und ich fuhr einer Erklärung fort: „Ich bin hierhergekommen, weil ich Ablenkung wollte. Zuhause geht grade alles drunter und drüber und ich hätte nicht gedacht, dass es so schnell klappt, mich abzulenken, aber du hast es geschafft und deswegen Danke."

Ich wusste nicht, was es war, aber etwas zwischen uns knisterte und es schien nicht aufzuhören. Jeder Blick von ihm löste eine Welle der Geborgenheit bei mir aus. Jede Berührung von ihm versetzte mich in Flammen.

Ich fühlte mich von ihm angezogen und ich sah ihm an, dass es ihm genauso ging. Mein Verstand sagte mir, dass dies hier unmöglich sein konnte. Wir kannten uns kaum, dennoch war es so. Einerseits verwirrte es mich, dass ich mich bei ihm so fühlte, anderseits war es auch genau das, was ich immer gesucht hatte. Dieses Gefühl von Geborgenheit. Das Gefühl genug zu sein.

„Du bist Schicksal." *Zur rechten Zeit am rechten Ort,* erweiterte ich gedanklich seinen Satz. Ich lächelte ihn an.

Plötzlich fiel mir ein, dass ich Mary schreiben wollte, wegen einem Treffen die nächsten Tage. Ich schob Tobi sanft zur Seite. Im Augenwinkel sah ich, dass ihn damit verletzte. Mein Herz sackte eine Stufe tiefer.

„Ich wollte Mary doch noch schreiben, wegen einem Treffen.", sagte ich ihm, um ihm zu erklären, dass ich mich nicht wegen ihm entfernt hatte. Er fasste sich verlegen an den Hinterkopf und murmelte ein *ach so.*

Ich ging zu meiner Handtasche, die immer noch im Flur stand, und kramte mein Handy raus.
3 verpasste Anrufe und 2 neue Nachrichten.

Zwei Anrufe von Liam.
Ein Anruf von Claire.

Nachricht von Claire:

Fay, antworte Liam doch bitte mal, er macht sich wirklich Sorgen um dich.
Ich hoffe, sonst ist alles okay bei dir.
Claire.

Antwort an Claire:

Ich antworte ihm, wenn ich es will, mir ist das ziemlich egal, ob er sich Sorgen macht oder nicht, und wenn ich wieder da bin, musst du mir erstmal erklären, woher du weißt, was in Liam vorgeht.

Ich war sauer. Ich dachte, Claire würde auf meiner Seite stehen, dabei nahm sie Liam in Schutz und hatte anscheinend auch noch Kontakt zu ihm. Es fühlte sich an, als würde sie mir in den Rücken fallen. Schnaufend klickte ich den Chat weg und öffnete die nächste Nachricht.
Sie kam von einer Nummer, die ich nicht kannte.

Nachricht von Unbekannt

Morgen. Treffen. Du und ich. Im Café bei dem Supermarkt um die Ecke. Frag deinen Tobi, wo das ist ;) Geht um 2? Ich muss um 4 wieder arbeiten. Hoffe das klappt. Meld dich
Mary

Ich speicherte ihre Nummer fix ein, ehe ich eine Antwort tippte.

Antwort an Mary

Ihr Wunsch sei mir Befehl. :D Ich werde Tobi fragen, ob er mich hinbringen kann und bin um 2 da, so wie du es wünscht ;)
Freue mich.
Fay.

Ich steckte das Handy weg und ging zurück ins Wohnzimmer, wo Tobi auf der Couch saß und auf seinem Handy rumtippte. Als er merkte, dass ich zurück war, packte er es prompt weg und schaute mich lächelnd an.

„Und hast du ihr geschrieben?"

„Nein, sie war schneller. Ich soll morgen um 2 an dem Café am Supermarkt sein. Weißt du, welches sie meint?"

Er nickte nur.

„Könntest du mich eventuell hinbringen?"

Ich schaute verlegen zu Boden. Ich hasste es. Leute um Hilfe oder einen Gefallen zu bitten oder gar mich zu fahren. Schließlich war Tobi kein Taxi. Er lachte auf.

„Das braucht dir nicht unangenehm sein. Klar bringe ich dich hin." Er klopfte auf das Sofa neben sich und gab mir zu verstehen, dass ich mich setzen sollte. Ich setzte mich und musste augenblicklich gähnen. Ich hatte gar nicht bemerkt, wie müde ich eigentlich war.

„Okay, dann hat sich meine Frage, ob du noch einen Film sehen willst, wohl erledigt.", sagte Tobi grinsend und ich nickte.

„Tut mir leid, aber das war ein aufregender Tag."

„Kein Problem, komm, ich zeig dir, wo du schlafen kannst." Er stand auf und stellte sich vor mich und hielt mir die Hände hin, um mir hoch zu helfen. Ich ergriff sie und er zog mich mit so einem Schwung hoch, dass ich erneut in seinen Armen landete. Meine Wange landete an seiner Brust und anstatt mich von ihm zu lösen, blieb ich so stehen, schlang meine Arme um ihn und horchte seinem Herzschlag. Ich atmete seinen Geruch ein. Er schlang ebenfalls die Arme um mich und legte seinen Kopf auf meinen.

Ich hörte, wie sein Herz schneller schlug, mit jeder Sekunde, die wir so dastanden.

Diesmal war er es, der die Umarmung unterbrach.

„Komm, bevor dass hier eine andere Wendung nimmt." Ich musste grinsen.

Er griff meine Hand und führte mich durch das Wohnzimmer zur Treppe. Dort nahm er sich meine Reisetasche, ließ meine Hand dabei aber nicht los und ging mit mir die Treppe hoch.

Der Flur, der vor uns lag, war länger, als ich erwartet hatte. Geradezu erblickte ich eine Tür. Rechts befanden sich zwei Zimmer und links auch nochmal zwei. Ich verstand nicht, wieso man so viele Zimmer hatte, wenn man eh kaum zuhause war.

Dass ich stehen geblieben war, merkte ich erst, als Tobi mich weiterzog.

„Also das Zimmer hier vorne ist leer." Er zeigte auf das erste Zimmer rechts von uns.

„Das linke hier ist das Schlafzimmer meiner Eltern, das Zimmer dahinter ist das Gästezimmer, da kannst du schlafen. Geradezu ist das Badezimmer und hier rechts ist mein Zimmer."

Wir blieben vor dem Badezimmer stehen.

„Ja also, wenn was ist, du weißt, wo du mich findest. Dann wünsche ich dir wohl eine gute Nacht." Tobi wirkte verlegen. Ich umarmte ihn zum Abschied.

„Bis morgen früh und nochmal Danke, auch dass ich hier schlafen darf."

„Gerne."

Damit drehte er sich um und ging wieder runter. Ich schaute ihm noch kurz hinterher, ehe ich die Tür öffnete und in das Gästezimmer ging.

Mir hätte eigentlich klar sein müssen, dass auch dieses Zimmer so eingerichtet war wie der Rest des Hauses, aber das King Size-Bett und der Flatscreen an der Wand gegenüber vom Bett übertrafen meine Erwartungen.

Ich ließ mich aufs Bett fallen und schaute an die Decke. Ich dachte an Tobi und wie viel Spaß ich heute hatte und daran, dass ich das so mit Liam nie hatte. Klar, ich habe ihn geliebt, aber es war anders. Nicht so locker und nicht so selbstverständlich.

Ich schloss die Augen und wollte mich nur kurz ausruhen.

Aus dem *nur kurz ausruhen* wurde dann wohl doch mehr als geplant. Ich war eingeschlafen und als ich aufwachte, war es dunkel um mich rum und ich brauchte kurz, um mich zurechtzufinden. Ich lag jetzt richtig im Bett und war zugedeckt. Ich konnte mich nicht erinnern, mich zugedeckt zu haben.

Da ich noch meine Kleidung vom Tag anhatte und noch geschminkt war, stand ich auf und kramte meinen Schlafanzug und meinen Kulturbeutel aus meiner Reisetasche.

Ich schaute auf mein Handy, um nach der Uhrzeit zu sehen. Es war bereits drei Uhr nachts. Die aufleuchtenden Nachrichten ignorierte ich.

Ich schlich mich leise auf den Flur, um ins Bad zu kommen. Ich wollte Tobi nicht wecken. Ich war mir sicher, dass er schon schlafen würde.

Der Flur war dunkel, aber aus Tobis Zimmer schien unter der Tür noch Licht durch. Ich runzelte etwas die Stirn. Vielleicht war er doch noch wach? Oder er ist einfach bei Licht eingeschlafen.

Ich ging ins Bad, zog mich um, putzte mir die Zähne und wusch mir das Gesicht.

Ich ging zurück auf den Flur und ging zu meinem Zimmer. Ich zögerte kurz.

Mich beunruhigte es, dass so spät nachts noch Licht in Tobis Zimmer war. Ich hatte Sorge, dass er wach da lag und in schmerzlichen Gedanken versunken war, so wie ich es selber nur zu gut kannte.

Also legte ich meine Sachen nur kurz bei mir aufs Bett und beschloss, bei Tobi zu klopfen und zu schauen, ob alles okay sei.

Ich stand vor seiner Tür, eine Hand schon auf der Türklinke. Ich war unentschlossen, ob ich das wirklich machen sollte. Vielleicht wollte er auch einfach alleine sein, aber dann könnte er mir das sagen, nachdem ich nach ihm geschaut hatte. Ich konnte jetzt nicht einfach wieder in mein Zimmer und weiterschlafen, wissend, dass Tobi emotional anscheinend nicht stabil war. Also fasste ich mir ein Herz und klopfte mit meiner freien Hand. Da keine Antwort kam, dachte ich schon, dass er wahrscheinlich doch schon schlafen würde. Vielleicht hatte er wirklich einfach nur vergessen das Licht auszumachen.

Ich wollte mich gerade umdrehen und gehen, als die Tür plötzlich aufging.

Ich hatte mit meiner Vermutung recht. Vor mir stand ein völlig verweinter Tobi. Ich sah ihm an, wie fertig er war.

Ohne ein Wort zu sagen nahm ich ihn in den Arm und er ging mit mir im Arm rückwärts ins Zimmer und stieß die Tür mit dem Fuß zu. Er erwiderte meine Umarmung schon fast schmerzhaft doll. Ich beschwerte mich jedoch nicht, weil ich wusste, wie sehr ihm das gerade half.

Wir standen noch etwas Arm in Arm mitten im Raum, bis er sich von mir löste und auf das Bett zu ging. Immer noch schweigend blieb ich verloren in der Mitte stehen und wartete darauf, dass Tobi mir zu verstehen gab, was ich machen sollte. Wollte er, dass ich ging oder sollte ich bleiben, wenn ja, wo sollte ich hin, sollte ich mich an die Bettkante setzen oder doch in den Sessel in der Ecke?

Er legte sich ins Bett und klopfte neben sich.

Gott sei Dank. Er erlöste mich aus meiner unangenehmen Situation.

Ich kletterte mit gemischten Gefühlen zu ihm ins Bett. Allerdings war diese Situation wahrscheinlich nicht viel angenehmer. Er hielt die Decke hoch und ich kroch mit unter die Bettdecke, blieb allerdings sitzen und prompt lehnte sich Tobi an mich und legte einen Arm um meinen Bauch.

„Wie bist du mit deiner Trauer klargekommen? Wird es irgendwann mal besser? Oder wird es immer so weh tun?"

Es war angenehm, nicht sofort gefragt zu werden, wen ich verloren hatte. Eigentlich war das sonst immer das Erste, was die Leute wissen wollten, wenn sie wussten, dass ich jemanden verloren hatte.

„Ich hatte ein bisschen mehr Zeit als du, um damit klarzukommen." Ich seufzte. Ich würde ihm so gerne sagen, dass es besser wird. Dass die Zeit alle Wunden heilt. Und dass der Schmerz bald verschwindet. Aber ich würde ihn anlügen, wenn ich ihm das alles sagen würde. Also entschied ich mich für die bittere Wahrheit.

„Es wird nicht besser, du lernst nur damit klarzukommen. Dir wird diese Person immer fehlen und wird immer eine Lücke hinterlassen. Und ja, wahrscheinlich wird jede Erinnerung an sie dir immer wieder ein Stück von deinem Herzen rausreißen, aber es liegt an dir, wie doll der Verlust dein Leben bestimmt. Wichtig ist, dass du weißt, nur weil du irgendwann aufhörst so traurig zu sein, wie du es jetzt bist, heißt es nicht, dass du sie nicht geliebt hast."

Ich versuchte, die Gänsehaut auf meinen Armen zu ignorieren.

„Wie schaffst du es darüber zu reden, als wäre es das Wetter?" Ich musste kurz auflachen.

„Das mag jetzt seltsam klingen, aber ich habe mir damals eine Mauer um diese Gefühle gebaut, die ich niemals einreiße. Oder wie eine Schublade, die ich nicht öffne. Ich rede darüber, aber ich lasse die Gefühle dazu nicht zu, weil ich für mich nicht möchte, dass sie mich kaputt machen. Es hat mich schon so viel von meinem Leben gekostet, mich damit auseinanderzusetzten, dass damit seit einigen Jahren Schluss ist."

Ich merkte, wie er an meiner Schulter nickte.

„Hast du jemals mit jemanden darüber geredet, was passiert ist und wie es dir damit geht?", fragte ich ihn.

„Nein, das geht nicht."

„Warum nicht?"

„Ich kann nicht reden, ohne zu weinen. Ich kann das nicht so wie du."

„Glaubst du, ich hätte am Anfang darüber reden können, ohne zu weinen? Am Weinen ist nichts Schlimmes. Ich habe damals auch mit niemanden geredet und heute denke ich, dass es schlauer gewesen wäre, wenn ich es getan hätte, dann wäre ich vielleicht schneller damit klargekommen."

Ich schwieg, denn ich merkte, wie Tobi mit sich kämpfte, ob er sich mir jetzt anvertrauen sollte oder nicht.

„Darf ich dich was fragen?" Wieder nickte er nur.

„Als wir bei Mary an der Kasse standen und sie von ihrer Freundin erzählt hatte, die einen tödlichen Autounfall hatte, hat sie gleichzeitig von deiner Freundin erzählt, richtig?"

Er gab keine Antwort, sondern fing nur erneut an zu Schluchzen. Das sagte mehr, als Worte es getan hätten.

Und obwohl ich es schon geahnt hatte, zog sich mein Magen zusammen. Ich konnte so gut verstehen, wie es ihm ging. Ich zwang ihn dennoch nicht, mir zu erzählen, was genau passiert war. Ich blieb einfach nur sitzen und hielt ihn. Ich war froh, dass ich so für ihn da sein konnte, wie ich es mir damals für mich gewünscht hätte. Auch wenn ich nicht lange bleiben würde, war ich mir sicher, dass es ihm trotzdem half. Und komischerweise hatte ich das Gefühl, dass er mir auch half.

Eine ganze Weile saßen wir so da und ich dachte schon, Tobi wäre eingeschlafen, doch plötzlich holte er tief Luft und fing an zu erzählen.

„Ein Kumpel von mir feierte eine Geburtstagsparty in einem kleinen Forsthaus etwas weiter draußen." Er schluckte.

„Lexy und ich waren eingeladen und ich trank extra nichts, denn Lexy hatte keinen Führerschein und somit musste ich fahren. Um drei Uhr nachts kam sie auf mich zu und meinte, dass es ihr nicht gut ginge und ob wir nach Hause fahren könnten. Ich versuchte sie davon zu überzeugen, dass wir dort schlafen könnten, denn ich war schon ziemlich fertig und ich traute mir nicht so recht zu, noch anderthalb Stunden zurückzufahren. Das sagte ich ihr aber nicht."

Wieder machte er eine Pause und holte tief Luft.

„Sie hat mich so angebettelt. Sie hat mir erzählt, dass ihr so schlecht sei. Und sie schlug meine Idee, dass wir dort schlafen könnten, aus. Sie würde lieber in ihrem Bett schlafen wollen. Sie sah so fertig aus, dass ich schließlich doch gefahren bin."

Ich streichelte ihm aufmunternd über den Rücken, denn ich ahnte, dass jetzt der schwerste Teil für ihn kommen würde.

„Lexy klagte immer mehr, dass ihr der Bauch weh tat. Ich wollte mit ihr ins Krankenhaus, also fuhr ich etwas schneller als erlaubt und wie aus dem Nichts stand da dieser Hirsch;" Er machte eine Pause und ich bildete mir ein zu hören, wie sein Herz brach. Und meins gleich mit. „Ich hatte keine Chance."

Er brach in Tränen aus und zitterte ganz furchtbar. Ich drückte ihn an mich und musste selbst mit den Tränen kämpfen.

Ich versuchte, sein Gesicht in meine Hände zu bekommen, doch er versuchte mir auszuweichen.

„Hey, guck mich an." Er gehorchte widerwillig.

„Es. War. Nicht. Deine. Schuld! Dass ein Tier vor dir auf die Straße rennt, kann immer passieren."

„Aber ich war zu schnell. Ich hätte vielleicht reagieren können, wenn ich nicht zu schnell gewesen wäre."

„Nein, dass hättest du nicht." Er nickte. Aber ich wusste, dass er mir nicht glaubte. Er hatte Schuldgefühle, für etwas, für das er gar nichts konnte.

„Weißt du, was am allerschlimmsten an der Sache ist?" Ich schüttelte den Kopf.

„Wir wollten heiraten, wir wussten beide, dass wir beide für immer zusammen sein wollten. Und", er brach ab und fing erneut an zu schluchzen. „Ihre Bauchschmerzen. Erst nach dem Unfall habe ich erfahren, dass sie schwanger war. In der sechzehnten Woche bereits. Mit ihr starb alles, was ich jemals wollte."

Ich musste scharf einatmen. Damit hatte ich nicht gerechnet. Ich verstand, weshalb er so litt. Er hätte alles haben können und hatte stattdessen alles verloren. Ich konnte die Tränen nicht mehr zurückhalten. Ich weinte mit ihm. Er tat mir so leid. Und noch mehr, weil ich wusste, wie weh es tat, was er gerade fühlte. Als würde einem etwas aus dem Herzen gerissen werden.

„Kann ich dich bitten, die Nacht hier bei mir zu bleiben?"

Ich brauchte nicht lange darüber nachzudenken.

„Klar."

Ich legte mich neben ihn und er schmiegte sich an mich und legte seinen Kopf auf meine Brust. Ich versuchte meine Tränen zurückzuhalten.

So mussten wir eingeschlafen sein, denn am nächsten Morgen lag er mit dem Rücken zu mir und ich konnte mich nicht erinnern, dass er die Position gewechselt hatte. Ich stand leise auf und schlich mich aus seinem Zimmer. Ich wollte, dass er weiterschlief. Ich ging den Flur zurück zu meinem Zimmer und schaute als erstes auf mein Handy. Es war schon 12. Ich beschloss, mich fertig zu machen und dann loszugehen, um das Café zu suchen, wo ich mich mit Mary treffen würde. Wieder hatte ich Nachrichten und Anrufe von Liam, die ich aber ignorierte und mir gar nicht erst anschaute.

Dank des Navis auf meinem Handy fand ich tatsächlich das Café und war sogar pünktlich da. Ich ging rein und entdeckte Mary bereits an einem Tisch. Sie bemerkte mich und schenkte mir ein Lächeln.

Ich ging zu ihr und setzte mich.

„Gott, habt ihr die Nacht durchgemacht?" Ich sah sie verwirrt an.

„Warum?"

„Du siehst schrecklich aus."

„Ich hab' vergessen, mich zu schminken", murmelte ich. Und das hätte ich, vor allem nach gestern Nacht, besser mal tun sollen.

Ich schaute bedrückt auf die Tischplatte. Es nahm mich immer noch mit, was Tobi erlebt hatte. Ich kannte seinen Schmerz nur zu gut.

„Hey, was ist los?", fragte Mary besorgt.

„Tobi ist der Freund deiner besten Freundin Lexy.", platzte es aus mir raus.

Mary fiel die Kinnlade runter.

„Er hat mir gestern Nacht erzählt, was passiert ist und wie es ihm geht. War eine sehr emotionale Nacht."

„Ach du Kacke." Ich nickte nur.

„Das muss ja schrecklich für ihn gewesen sein."

„Naja, du hast deine beste Freundin verloren. Ich bezweifle, dass es für dich einfach war."

„Nein, einfach war und ist es immer noch nicht. Aber du und ich, wir sind uns da ziemlich ähnlich. Ich komm mittlerweile klar. Ist er sehr doll am Ende?"

„Ja. Ich versuche ihm zu erklären, wie ich es geschafft habe. Ich hoffe, dass ich ihm damit helfen kann. Ich fahre leider morgen schon wieder zurück, aber vielleicht schafft er es dann von alleine. Wusstest du, dass Lexy schwanger war und die beiden heiraten wollten?" Mary sah nicht überrascht aus.

Die Kellnerin kam und unterbrach unser Gespräch, sie nahm unsere Bestellung auf und ging dann zurück in Richtung Küche.

„Ja von den Hochzeitsplänen hatte Lexy mir damals erzählt. Und dass sie schwanger war habe ich dann auch erst nach ihrem Tod erfahren."

Wir schwiegen beide. Der Tod ist einfach ein bescheidenes Thema. Das endet nie gut, wenn man darüber redet.

„Okay, du hast genug Traurigkeit gehört, jetzt erzähl mal, warum bist du hier?", brach Mary unser Schweigen. Sie hatte damals alles mitbekommen und war für mich da gewesen. als es sonst niemand war.

„Liam ist in Berlin aufgetaucht und ich glaube, Tobi kennt Liam und macht sich Sorgen um ihn."

„Okay, halt stopp. Liam ist in Berlin? Was machst du dann *hier*?"

„Er hat alte Gefühle geweckt und ich wollte das alles nicht spüren und ich will ihm nicht glauben, dass er mich vermisst." Sie nickte.

„Und warum glaubst du, dass Tobi Liam kennt?"

„Er hat so Sachen gesagt, die voll auf ihn zutreffen. Aber er hat keinen Namen genannt."

„Okay, naja, wenn er keinen Namen genannt hat, weißt du am Ende gar nicht, ob es wirklich Liam ist, den er sucht. Hast du denn mal gefragt? Nach einem Namen?"

Ich schüttelte den Kopf.

„Warum nicht?" Sie hob eine Hand, um mich zu bitten, nicht zu antworten. Sie würde gleich selbst die Antwort geben.

„Weil du Angst hast. Weil du Sorge hast, dass es Liam ist und du dann mit deiner Geschichte rausrücken musst. Richtig?!" Ich nickte. Dem war nichts mehr hinzuzufügen.

„Und warum glaubst du Liam nicht, dass er dich vermisst?", ging sie weiter zum nächsten Punkt.

„Nach all der Zeit kommt er jetzt an? Wo war er, als ich ihn gebraucht habe? Wo wir uns gebraucht hätten? Er lief davon und ließ mich alleine. Und jetzt soll er zur Vernunft gekommen sein? Das kauf ich ihm nicht ab. Da muss was anderes im Gange sein."

Ich schaute Mary an und sah in ihrem Gesicht, dass sie nicht meiner Meinung war.

„Naja, um ehrlich zu sein, kann ich mir das schon vorstellen. Er hat damals das gleiche erlebt wie du, nur ist er anders damit umgegangen. Vielleicht ist er jetzt fertig mit dem Verarbeiten und will mit dir reden und dich wieder in seinem Leben haben. Ich kann mir das schon gut vorstellen. Vielleicht solltest du nochmal mit ihm in Ruhe darüber reden." Mary war schon immer die, die weiter als nur bis zur nächsten Ecke dachte. Sie erlaubte einem immer die Sicht aus einem anderen Blickwinkel.

„Aber wenn dem so wäre, hätte er mir auch einfach schreiben können. Oder mich anrufen."

„Hättest du reagiert? Hättest du ihm zugehört?"

Kopfschüttelnd senkte ich meinen Blick.

„Siehst du, dann weißt du, warum er persönlich vorbeigekommen ist."

Ich nickte und dachte über ihre Worte nach. Vielleicht hatte sie recht. Natürlich wusste auch Liam, dass ich auf Anrufe oder sonstige Kommunikationsversuche nicht reagiert hätte. Ich versuchte, es mit Marys Augen zu sehen.

Wir wechselten erneut das Thema, redeten über alles Mögliche und tranken nebenbei unseren Kaffee. Sie erzählte mir, dass sie in der Zwischenzeit einen Freund gefunden hatte und sich sogar verlobt hatte. Die Hochzeit soll nächstes Jahr sein und sie lud mich direkt mündlich ein. Ich freute mich sehr für sie und ich sagte natürlich sofort zu. Die Einladung würde sie bald per Post losschicken. Ich gab ihr meine neue Adresse, damit sie auch wusste, wohin die Einladung sollte.

Wir redeten wie damals. Wir hatten damals keine Nummern ausgetauscht und irgendwie hatten wir beide auch keinen Versuch unternommen, einen alternativen Weg zu finden, um in Kontakt zu bleiben. Es fühlte sich jetzt trotzdem so an, als wäre ich nie weggewesen.

Mary schaute auf die Uhr.

„So, es tut mir echt leid, aber ich muss wieder zur Arbeit."

„Ach ehrlich? Jetzt schon? Ich habe das Gefühl, als ob ich mich gerade erst gesetzt hätte."

Wir winkten die Kellnerin zu uns zum Bezahlen.

Mary bezahlte unsere Rechnung. Ich bedankte mich bei ihr.

Zusammen gingen wir zu ihrer Arbeit. Ich nutzte die Chance und kaufte gleich etwas zu Essen für Tobi und mich ein. Danach verabschiedete ich mich und wir versprachen uns, in Kontakt zu bleiben, vor allem, weil sie wissen wollte, wie das mit mir und Liam weiter ging. Wir hatten ja jetzt unsere neuen Handynummern. Ich schaltete erneut mein Navi an und ging aus dem Laden und wollte schon loslaufen, als ich plötzlich eine Hand auf meiner Schulter spürte. Ich erschrak und drehte mich um. Vor mir stand Tobi. Er sah schrecklich aus. Er musste den ganzen Tag geweint habe, seine Augen waren noch rot und verquollen.

Er lächelte mich tapfer an und zog mich in eine feste Umarmung. Ich erwiderte sie und atmete seinen Geruch ein und merkte, wie sehr ich ihn vermisst hatte. Über seine Schulter hinweg sah ich, wie Mary mich an der Kasse anlächelte und mir aufmunternd zunickte.

„Danke.", hauchte er mir ins Ohr und ich bekam sofort eine Gänsehaut. Ohne ein Wort zu sagen, nahm er meine Hand und lief mit mir zum Auto.

Er schloss die Haustür auf und nahm erneut meine Hand. Er zog mich in den Flur und schloss die Haustür.

Meine Hand ließ er nicht los und ging mit mir ins Wohnzimmer. Er stellte sich vor mich und legte seine freie Hand an meine Wange. Automatisch schmiegte ich mich in seine Hand. Es fühlte sich so gut an.

„Das was du gestern Abend für mich getan hast, weiß ich zu schätzen." Ich sah ihm in die Augen.

„Da gibt es nichts zu danken." Ich lächelte ihn an.

„Doch, und das weißt du." Ich wusste nicht, was ich darauf erwidern sollte, also versuchte ich, das Thema zu wechseln.

„Hast du Hunger?", fragte ich ihn und hielt meinen Beutel mit dem Einkauf hoch. Er nickte und nahm seine Hand von meiner Wange.

„Gut, denn ich habe da mal was eingekauft", wechselte ich erfolgreich das Thema. Er grinste und nahm mir den Beutel ab und ging in die Küche. Ich wollte, dass er auf andere Gedanken kam.

Er sollte nicht mehr an gestern denken, nicht mehr an den Schmerz und nicht mehr an die Trauer. Wenigstens für ein paar Stunden.

Nachdem wir unsere Jacken und Schuhe ausgezogen hatten, gingen wir zusammen zurück in die Küche.

Zusammen fingen wir an zu kochen. Ich hatte mich für Schnitzel mit Kartoffeln und Gemüse entschieden. Ich wusste nicht, ob er so etwas mochte, aber ich dachte mir, dass man damit selten etwas falsch machen konnte.

Nach einer Dreiviertelstunde saßen wir am Tisch und aßen. Es war gut geworden. Die Panade schön knusprig, das Fleisch gut gewürzt, die Kartoffeln perfekt.

Er fragte mich, wie mein Treffen mit Mary gewesen war. Ich erzählte ihm von der geplanten Hochzeit und wie gut es ihr jetzt ginge.

Dass wir auch über ihn und Lexy geredet hatte, ließ ich weg.

Wir scherzten rum und die Stimmung war ausgelassen. Er erzählte mir von Dummheiten aus seiner Jugend, z.B. wie er betrunken mal versucht hatte, kostenlos im Taxi mitzufahren. Was natürlich nicht geklappt hatte. Es tat so gut, ihn so unbeschwert zu sehen. Ich merkte, wie gut es ihm tat, sich geöffnet zu haben. Endlich hatte sein Lächeln auch seine Augen erreicht.

„Wollen wir noch einen Film gucken oder willst du alleine was machen?", fragte er mich, nachdem wir gemeinsam abgeräumt und die Küche aufgeräumt hatten.

„Nein, Film klingt gut, welchen denn?" „Mal schauen, was wir so finden."

Wir setzten uns aufs Sofa und suchten, bis wir endlich einen Film gefunden hatten, den wir beide noch nicht kannten, der aber gut klang. Ich konnte Tobi mit Mühe und Not davon überzeugen, dass wir keinen Horrorfilm guckten, sondern doch eher eine Mischung aus Actionfilm und Komödie. Von Horrorfilmen bekam ich schon immer schnell Albträume.

Er setzte sich an das eine Ende und ich setzte mich an das andere Ende der Couch. Ich war unsicher, ob es für ihn okay wäre, wenn ich mich neben ihn setzte, also hielt ich lieber Abstand. Ich erschrak regelmäßig bei dem Actionfilm und irgendwann merkte ich, wie Tobi neben mir saß und einen Arm um meine Schultern legte. Ich hatte nicht mitbekommen, dass er nähergekommen war, so fesselnd war der Film. Automatisch lehnte ich mich an seine Schulter und merkte, wie müde ich auf einmal war und ich anfing, mich zu entspannen.

„Fay?" Ich schlug die Augen auf. Auf dem Fernseher lief der Abspann. Ich war tatsächlich eingeschlafen.

„Tut mir leid, anscheinend war ich doch total müde."

„Was ehrlich? Wie kommst du denn darauf, dass du müde warst?" Er lachte. Ich mochte es, wie er mich neckte. Ich stieß ihn leicht mit der Schulter an.

„Komm, wir gehen hoch. Ich bring dich noch zu deinem Zimmer."

Ich nickte und auf einmal fühlte ich mich sentimental. Tobi ging so liebevoll mit mir um. Ich dachte an meine Mutter und an die Zeit mit Liam, an das, was passiert war und musste weinen. Sowas hatte ich selten, aber ich hatte sie: spontane emotionale Ausbrüche. Im Normalfall war ich dann alleine oder sorgte dafür, dass ich alleine war. Was ich auch diesmal wollte.

Ich versuchte, dass Tobi es nicht mitbekam und versuchte, mich nach oben an ihm vorbei ihn mein Zimmer zu drängeln. Allerdings merkte er, dass etwas nicht stimmte und hielt mich am Handgelenk fest.

„Weißt du, mir hat mal ein ganz bewundernswertes, starkes Mädchen gesagt, dass es leichter wird, wenn man über seinen Schmerz spricht."

Er brauchte mich nicht anzusehen, um zu wissen, dass ich weinte. Ich merkte, wie er mit dem Daumen mein Handgelenk streichelte. Ich versuchte mich ihm zu entziehen, aber es war schon zu spät. Ich sah, wie er die Stirn in Falten legte und den Kopf senkte. Er schaute sich mein Handgelenk an.

Mir wurde heiß. Er hatte die Narben gespürt und sah sie sich genauer an. Ich konnte ihn nicht ansehen. Ich wollte nicht wissen, was er darüber dachte.

„Ja, aber ich habe mehr als nur ein Päckchen zu tragen, und du hast schon deins, ich will dich mit meinen nicht noch belasten."

Ohne zu antworten zog er mich die Treppe hoch, schob mich rückwärts in das Gästezimmer, schloss die Tür und zog mich zum Bett. Er setzte sich und klopfte neben sich. Ich reagierte und setzte mich neben ihn. Er saß einfach da und wartete. Wartete darauf, dass ich bereit war, ihm meine Geschichte zu erzählen. War ich bereit, darüber zu reden? War ich bereit, alles einzureißen, was ich mir aufgebaut hatte? Wollte ich es überhaupt? Er war mir einen Schritt voraus und hatte sich geöffnet. Wieso nahm ich mir also kein Beispiel an ihm und nahm die Hilfe an und das offene Ohr, das er mir anbot? Für mich war es längst überfällig. Er hielt mein Handgelenk noch immer und streichelte erneut die Narben mit seinem Daumen, so als hoffte er, dass sie dadurch verschwinden könnten.

„Weiß das jemand?"

Ich schaffte es immer noch nicht, ihn anzusehen, aber ich wusste, was er meinte.

„Nein."

„Machst du es noch?"

„Nein. Also naja. Jein." Er fragte nicht weiter nach. Ich wusste nicht, was ich darauf antworten sollte. Die Antwort war nicht so einfach, wie ein einfaches Ja oder ein Nein.

Wie soll man etwas beantworten, worüber man keine Gewalt hat?! Ich wünschte, die Antwort wäre nein. Und tatsächlich habe ich es schon lange nicht mehr getan, allerdings heißt es nicht ohne Grund, dass Sich-selbst-verletzen eine Sucht werden kann. Süchte kann man selten kontrollieren.

Er schwieg erneut und wartete neben mir. So wie ich es gestern bei ihm getan hatte.

Ich atmete einmal tief ein und aus und fing dann einfach an.

„Ich habe nur noch meinen Vater. Meine Mutter starb, als ich sechs war. Ich kann mich zwar kaum an sie erinnern, aber es reißt mir trotzdem jedes Mal ein Loch in mein Herz, wenn ich an sie denke." Ich ging oberflächlich an die Sache, wie immer. So, wie es mir keinen Schaden zufügen würde.

„Was ist passiert?"

So leicht ließ er mich nicht davonkommen, das war mir klar.

„Sie hatte Krebs. Ich hatte sie damals noch im Krankenhaus besucht und sie versprach mir, wieder gesund zu werden. Aber so war es nicht. Ich weiß, dass es dämlich war, ihr das damals zu glauben, aber ich habe es getan und werfe es ihr heute immer noch vor. Was total dumm ist, aber ich tue es."

„Das ist doch nicht dumm, dass du ihr geglaubt hast. Sie war deine Mutter. Natürlich, Mütter sind doch die, die immer alles wissen. Die immer da sind und nie lügen. Du brauchst dich doch nicht schlecht zu fühlen deswegen." Er hatte es auf den Punkt genau getroffen. Die, die immer da sind und nie lügen. Aber sie hatte es getan. Unbewusst, aber sie hatte es getan, gelogen. Natürlich war mir klar, dass sie selber gehofft hatte, dass es stimmte, was sie mir sagte, dennoch war ich mir nicht sicher, ob es rechtfertigte, mir etwas vorzumachen.

Mir taten seine Worte gut. Sie beruhigten mich ein wenig, auch wenn das schlechte Gewissen trotzdem blieb.

„Und dein Vater?"

„Meine Eltern haben sich damals schon früh getrennt und lebten schon getrennt, als ich geboren wurde. Und nach ihrem Tod bin ich dann zu meinem Vater. Wir sprechen allerdings nie über sie."

„Warum nicht?"

„Es fühlt sich falsch an. Als ob er davon nichts hören will. Als ob etwas zwischen uns liegt, was es verhindert. Das klingt seltsam, ich weiß, aber so habe ich gelernt, das Thema für mich zu behalten." „Aber geht es ihm nicht auch manchmal schlecht deswegen?" „Ich weiß es nicht, wenn, dann hat er es mich nie wissen lassen oder es auch nur angedeutet.

Es tat so unendlich gut, verstanden zu werden. Ich überlegte, ob ich ihm auch von meinem zweiten Verlust erzählen sollte.

Bis hierher schaffte ich es, ohne zu weinen, doch wenn ich weitererzählen würde, würde sich das ändern.

Ich überlegte erneut, ob ich bereit dazu war. Tobi sagte nichts, sondern wartete. Er merkte, dass ich noch mehr zu erzählen hatte. Ich dachte an damals, als ich bei uns im Badezimmer saß und den Schwangerschaftstest in der Hand hielt. Ich fühlte all die Sorgen und all die

Ängste genauso intensiv wie beim ersten Mal. Mein Magen zog sich zusammen.

Ich war so lange stark gewesen. Habe so lange nicht geredet. Ich konnte nicht mehr. Tobi war der erste, vor dem es mir nicht peinlich war zuzugeben, dass ich immer noch trauerte.

Ich lehnte mich an seine Schulter und fing an zu weinen.

Er nahm mich einfach in den Arm.

Ich fühlte mich bei ihm so sicher, dass es okay war.

Selbst meine Therapeutin damals hatte mich nicht dazu bekommen, über meine Gefühle offen zu reden.

Als ich mich langsam beruhigt hatte, hob er meinen Kopf an und sah mir in die Augen.

„Ich bin froh, dass du in mein Leben getreten bist. Es kommt mir so vor, als ob wir uns gegenseitig retten könnten."

Wie recht er hatte.

Und dann tat er etwas, womit ich nicht gerechnet hatte.

Er küsste er mich. Der Kuss traf mich unvorbereitet, aber er kam zur richtigen Zeit. Ich sehnte mich nach Nähe und nach Geborgenheit und beides fand ich bei ihm. Ohne groß weiter nachzudenken, erwiderte ich den Kuss. Wir sanken aufs Bett. Ich dachte nicht nach und ich wollte es auch gar nicht. Es fühlte sich alles so stimmig an.

Wir legten beide unglaublich viel Leidenschaft und Emotionen in diesen Kuss.

Ich wachte auf und mir wurde schlagartig klar, was gestern passiert war. Tobi. Ich. Gemeinsam.

Ich hatte das Gefühl, dass ich mich schlecht fühlen müsste, aber ich tat es nicht. Ich erinnerte mich, dass ich danach an Tobi gekuschelt eingeschlafen war. Ich schaute neben mich und erwartete, Tobi neben mir liegen zu sehen, aber das Bett war leer.

Enttäuschung machte sich in mir breit. Ich fragte mich, warum er nicht geblieben war. Hatte ich etwas falsch gemacht? War das ein Fehler gewesen?

Ich beschloss, nicht weiter darüber nachzudenken und stand auf, sammelte meine Klamotten vom Boden und ging zur Tür. Ich öffnete sie erst einen Spalt, um zu sehen, ob Tobi in der Nähe war, und schlich, als die Luft rein war, zum Badezimmer. Gerade als ich bei der Tür angekommen war, hörte ich, wie seine Zimmertür aufging und ich huschte so schnell es ging ins Bad und hoffte, dass er mich nicht gesehen hätte. Ich wusste, wie dämlich das war, denn schließlich hatte er letzte Nacht mehr als nur meinen nackten Hintern gesehen. Ich musste schmunzeln.

Als ich im Bad fertig war, ging ich zurück in mein Zimmer und nahm mir mein Handy. Ich ahnte, dass mich weitere Nachrichten von Liam erwarten würden und diesmal war ich bereit, sie zu lesen und zu beantworten.

„Fay. Ich frage mich, warum du gegangen bist und warum du mich ignorierst. Ich bin hier, um mit dir zu reden. Es ist viel passiert und ich habe mich nicht richtig verhalten damals, und dafür will ich mich entschuldigen.

Das kann ich aber nicht, wenn du mir nicht die Chance gibst."

„Ich bleibe noch eine Woche, danach fahre ich wieder zurück und wenn du bis dahin immer noch der Meinung bist, dass du mich nicht in deinem Leben haben willst, dann gehe ich und lasse dich für immer in Ruhe"

„Ich brauche dich."

Die letzte Nachricht raubte mir den Atem. Ich hatte mir früher immer gewünscht, genau das von ihm zu hören. Aber es sagte es nie. Er ließ es mich such nie spüren. Damals hatte ich das nicht erkannt, aber heute wusste ich, dass er mich nie gebraucht hatte.

Damals hätte ich *ihn* allerdings an meiner Seite gebraucht, aber er war gegangen. Und jetzt war es zu spät.

Trotzdem tat er mir leid und ich war der Meinung, dass er nun ein Gespräch verdient hatte.

„Ich bin bald wieder da und dann können wir reden."

Ich steckte mein Handy weg und packte meine Sachen. Mein Zug ging in knapp 6 Stunden. Ich beschloss, Tobi nochmal wegen seines verschwundenen Freundes zu fragen. Mir ließ das einfach keine Ruhe. Und wenn es tatsächlich Liam war, nachdem er suchte, würde ich ihm alles erzählen.

Nachdem ich alles zusammengepackt hatte, ging ich nach unten und erwartete eigentlich, Tobi dort zu sehen, aber er war nicht da. Ich ging in die Küche und nahm mir als Frühstück einen Apfel. Draußen schien die Sonne, also zog ich mir meine Schuhe und meine Jacke an und ging eine große Runde spazieren. Während ich durch die Straßen lief, dachte ich über so vieles nach: Was wäre gewesen, wenn Liam damals nach dem Vorfall bei mir geblieben wäre. Was wäre, wenn meine Mutter noch leben würde. Was wäre, wenn. Ich fragte mich das so oft und jedes Mal hatte ich keine Antwort. Doch heute ist es anders. Ich stehe an einem Feld und schaue in die Ferne und die Antwort auf *was wäre, wenn* ist, dass ich sonst nicht hier stehen würde. All das, was passiert ist, hat mich heute hierhergebracht und ich bereue nichts. Tobi hat mein Leben bereichert.

Ich kam an der Villa an und erwartete, dass Tobi jetzt zu Hause sein würde, um sich von mir zu verabschieden, aber auch jetzt war er immer noch nicht zu Hause. Ich fragte mich, ob ich doch etwas falsch gemacht hatte oder ob er das alles bereute. Ich beschloss, ihm einen Zettel zu schreiben.

Ich suchte nach einem Stift und einem Zettel. Im Wohnzimmer wurde ich schnell fündig. Ich setzte mich an den Esstisch und schrieb:

Lieber Tobi,
ich weiß nicht, ob du vielleicht bereust, was letzte Nacht passiert ist, aber ich tue es nicht. Ich hatte gehofft, dass wir uns heute noch einmal sehen, weil ich mich bei

dir für alles bedanken wollte, auch dafür, dass du dich mir anvertraut hast. Und danke dafür, dass ich bei dir schlafen durfte. Und mich dir anvertrauen durfte.

Ich habe in meinem Leben selten so eine starke Person gesehen wie dich. Eigentlich noch nie. Ich bin mir sicher, dass du wieder fröhlich wirst in deinem Leben, du musst es nur zulassen. Glaub mir, das geht.

Dein Schmerz und deine Erinnerung an Lexy werden immer bei dir sein und dich daran erinnern, dass du einmal bereits glücklich warst und von ganzem Herzen geliebt hast.

Bitte bleibe nicht traurig, sondern finde wieder dein Glück und lebe endlich wieder.

In Liebe, Fay.

Mir rollten ein paar Tränen über die Wange. Wenn ich mich doch nur selbst an meine Ratschläge halten könnte.

Ich ließ den Zettel auf dem Tisch liegen, nahm meine Tasche und ging Richtung Bahnhof.

Die Rückfahrt kam mir endlos vor. Wenn ich nicht schlief, dann machte ich mir Gedanken über Liam, was ich für ihn fühlte, und über Tobi, was das zu bedeuten hatte, dass ich ihn seit unserer gemeinsamen Nacht nicht mehr gesehen hatte. Ich fragte mich, ob ich ihn mit etwas verärgert hatte. Vielleicht bereute er es wirklich und auf einmal fühlte ich mich schlecht. Ich hätte ihn zurückhalten müssen. Ich hätte es gar nicht erst soweit kommen lassen dürfen.

Am Bahnhof in Berlin angekommen überlegte ich nicht lange und lief los.

Ich machte gar nicht erst den Umweg nach Hause, sondern setzte mich gleich in den Bus.

Es war früh am Morgen und ich war todmüde, aber ich wusste, ich könnte eh nicht schlafen, bevor ich nicht mit Liam geredet hatte.

Ich klopfte an das Zimmer 126.

Erst jetzt fielen mir die genauen Zahlen auf. Das könnte ein Zufall sein, aber das glaubte ich nicht. Der 12.6. war damals *unser* Tag. An diesem Tag hatte ich ihm die freudige Botschaft überbracht.

Liam öffnete die Tür, er stand nur in Boxershorts vor mir und guckte mich völlig verschlafen an.

Er schien verwundert, mich zu sehen.

„Fay? Verdammt was machst du hier? Wo bist du gewesen? Und warum in Gottesnamen so früh?"

Ohne eine Antwort abzuwarten, nahm er mich in den Arm und drückte mich an sich. Er vergrub sein Gesicht an meinem Hals und atmete meinen Geruch tief ein. Ich schlang meine Arme um ihn und merkte, wie sehr ich ihn vermisst hatte. Aber etwas hatte sich geändert. Die Gefühle, die ich für ihn hatte, hatten sich geändert.

„Ich bin hier, weil du reden wolltest. Dann lass uns reden." „Aber doch nicht jetzt. Komm rein und leg dich nochmal ins Bett und schlaf ein paar Stunden."

„Nein das möchte ich nicht. Entweder wir reden jetzt oder gar nicht."

Ich wusste, dass das nicht fair war. Aber ich wusste auch, dass das ziehen würde. „Gut, komm rein." Er drehte sich um und ging ins Zimmer. Auf einem Stuhl lag seine Kleidung vom Vortag. Er nahm sich ein T-Shirt und zog es sich über.

„Wieso hast du mich damals mit der ganzen Sache allein gelassen? Hat es dir nichts bedeutet? Ich dachte, du hättest dich auch gefreut, Vater zu werden."

Ich merkte, wie mir die Tränen in die Augen stiegen. Ich blinzelte sie weg und schaute Liam an und sah in seinen Augen die Antwort auf meine Frage.

„Doch, natürlich habe ich mich gefreut und ich habe genauso getrauert und gelitten. Ich weiß, dass du mir das nicht glaubst, aber so war es."

„Aber warum warst du nicht bei mir, wir hätten doch zusammen um unser Baby trauern können." Seit damals war es das erste Mal, dass ich es aussprach.

Die Erinnerung rief die Bilder vor meine Augen.

Liam und ich waren damals mit dem Auto unterwegs gewesen. Wir standen an einer Ampel. Wir alberten rum und wurden uns nicht einig, welche Musik wir hören sollten. Wir lachten ausgelassen. Plötzlich hörte ich nur noch Gehupe und ehe ich mich versah, raste ein Auto hinten in uns rein und schob uns auf eine Kreuzung. Keine Sekunde später fuhr ein weiteres Auto in uns rein, allerdings diesmal in meine Seite. Ich konnte noch nicht einmal mehr schreien. Es ging alles so schnell.

Wir wurden quer über die Kreuzung geschoben. Ich merkte, wie ich immer wieder das Bewusstsein verlor. Ich rief nach Liam, der jedoch regungslos neben mir saß. Ich hatte panische Angst, dass er tot sei. Ein Passant musste wohl einen Krankenwagen gerufen haben.

Ich verlor wieder das Bewusstsein. Ich bekam nur so nebenbei mit, wie Liam, als er wieder halb zu sich gekommen war, den Sanitätern sagte, dass ich schwanger sei. Erst im Krankenhaus wachte ich auf und legte reflexartig meine Hand auf meinen Bauch. Ich versuchte aufzustehen, um einen Arzt zu suchen. Ich wollte wissen, was mit meinem Baby war. Aber kaum stand ich, gaben meine Beine nach und ich fiel hin. Ich hatte das komische Gefühl, dass etwas nicht stimmte. Ich fing an zu weinen und in dem Moment kam mein Vater rein. Er hatte sich etwas zu trinken geholt und ließ den Becher fallen, als er mich am Boden liegen sah. „Fay, Liebling. Was ist passiert?" „Arzt", mehr brachte ich nicht raus. Er half mir hoch und setzte mich wieder ins Bett. Er verstand trotzdem, was ich meinte und holte einen Arzt.

„Sie sind wach, das ist gut. Wie geht's Ihnen?", kam der Arzt mit einer Ruhe rein, die mich wütend machte.

„Was ist mit meinem Baby? Und wo ist Liam?" Ich ignorierte seine Fragen und wollte gleich zur Sache kommen.

„Liam ist der junge Mann, der mit Ihnen im Auto saß?"

Ich nickte nur.

„Dem geht's soweit gut, nur ein paar kleinere Verletzungen. In ein paar Tagen darf er wieder nach Hause."

Er setzte sich zu mir aufs Bett.

„Zu ihrem Baby,"

Er legte mir eine Hand auf den Oberarm. Ich ahnte, was kam und schüttelte den Kopf.

„Nein. Nein. Nein, das kann nicht sein. Wieso? Nein."

Die Tränen liefen mir die Wangen hinunter.

„Es tut mir leid, wir konnten bei Ihrem Baby keinen Herzschlag mehr feststellen."

Er sagte es so, als sei es ein Gegenstand gewesen, der nicht mehr repariert werden konnte. Mein Baby war tot. Der Arzt verließ den Raum und ich brach zusammen. Unter Tränen fragte ich: „Weiß es Liam schon?"

Ich wandte mich an meinen Vater, der auf einem Stuhl in der Ecke saß. Ich sah, wie auch er weinte. Und da fiel mir plötzlich ein, dass er es gar nicht wusste, dass ich schwanger gewesen war. Mich überkam das schlechte Gewissen.

„Es tut mir so leid", murmelte ich unter Tränen. Ich weinte und konnte nicht aufhören. Ich konnte es immer noch nicht fassen.

Nach Liams zahlreichen Untersuchungen kam er eine Stunde später zu mir ins Zimmer und setzte sich an die Bettkante und sah mir an, dass etwas nicht stimmte. Ich erzählte ihm, was der Arzt mir erzählt hatte und dann lagen wir uns kurz in den Armen. Wir weinten beide. Ruckartig stand er auf und verließ das Zimmer. Ich war der festen Überzeugung, dass er gleich wiederkommen würde, aber es kam ganz anders. Das war das letzte Mal, dass sie ihn gesehen hatte.

Meine Mauer brach und ich gab mir keine Mühe, meine Tränen zurückzuhalten.

„Es tut mir leid. So wahnsinnig leid."

Mehr hatte er nicht zu sagen?

„Warum? Ich will wissen warum."

Er hatte mich damals allein gelassen. Er wusste, dass ich bereits meine Mutter verloren hatte und wie sehr ich darunter litt und trotzdem ließ er mich sitzen. Anstatt mir zu antworten, sah er auf seine Hände. Er hatte nichts zu sagen. Ich konnte es nicht fassen. Selbst nach dieser langen Zeit konnte er mir immer noch nicht erklären warum.

„Okay alles klar."

Ich stand auf und ging. Er hielt mich nicht auf. Das sagte mir mehr, als er hätte mit Worten sagen können. Ich war so dumm. Ich hatte wirklich für einen kurzen Moment gedacht, dass Liam sich geändert hätte und ihm wirklich etwas daran läge, das mit mir wieder hinzubekommen.

Ich weinte weiter. Den ganzen Weg nach Hause. Ich öffnete die Haustür und nur eine Sekunde später stand mein Vater vor mir, sah mir in die Augen und nahm mich, ohne ein Wort zu sagen, in den Arm, nahm mir meine Tasche ab und führte mich ins Wohnzimmer. Er drückte mich auf die Couch und ging in die Küche. Ich hörte, wie er den Wasserkocher anmachte, um mir einen Tee zu machen. Ich zog mir meine Jacke aus und nahm mir die Decke, die neben mir auf dem Sofa lag. Ich fühlte mich so leer und ich bereute es, dass ich zu Liam gefahren war. Ich sehnte mich nach Tobi zurück.

Er hätte mich verstanden, aber ich hatte ihm die Geschichte nicht erzählt. Jetzt bereute ich es.

Das alles hier fühlte sich wie ein schlechter Traum an.

„Willst du drüber reden?"

Er reichte mir eine Tasse mit meinem Lieblingstee. Ohne nachzudenken redete ich drauf los.

„Liam ist ja wieder hier, wie du ja schon mitbekommen hast." Etwas flackerte in seinen Augen. Wut.

„Deswegen war ich ein paar Tage weg. Ich wollte ihn nicht sehen. Ich bin zurück nach Österreich und habe dort den Freund von Marys bester Freundin kennengelernt. Du weißt doch noch, wer Mary ist, oder?" Er nickte und ließ mich weiterreden. „Ich hab' bei ihm gewohnt. Aber ich habe erkannt, dass Liam auch eine Chance bekommen sollte. Also wollte ich ihm die Chance geben, sich zu erklären, was das damals sollte. Aber er konnte mir nicht sagen, warum er mich im Stich gelassen hat. Er saß einfach vor mir und hat nichts gesagt. Nichts. Wie kann man denn dazu nichts sagen?"

Ich fing erneut an zu weinen.

„Ich kann es dir nicht sagen. Ich verstehe es auch nicht. Es tut mir so leid für dich, dass du das alles durchmachen musst." Aber da verstand ich, dass es nicht mein Vater war, der sich bei mir entschuldigen musste. Sondern ich mich bei ihm.

„Ich habe mich nie bei dir entschuldigt. Ich habe mich nicht getraut, dir zu sagen, dass ich schwanger war und dann musstest du es erfahren, als es schon wieder vorbei war. Ich habe nie mit dir darüber geredet. Es tut *mir* leid." „Ach Schätzchen."

Er streichelte mir über den Kopf, wie damals, als ich noch ein kleines Kind war. Ich lehnte mich an ihn und schlief nur kurze Zeit später ein.

„Fay?!" Ich merkte, wie jemand an mir rüttelte. Nicht grob, aber energisch. Ich erkannte die Stimme meines Vaters.

Ich schlug die Augen auf.

„Mhh"

„Claire ist da."

Ich setzte mich auf. Ich fuhr mir über mein Gesicht und durch meine Haare. Ich war auf dem Sofa eingeschlafen und fühlte mich wie ausgekotzt. Ich stand auf und ging zur Haustür. Neben Claire stand Liam. Ich dachte, ich seh' nicht recht.

„Was will der hier?" Ich deutete auf Liam, aber anstatt das Claire mir antwortete, antwortete Liam direkt.

„Ich möchte mich entschuldigen und mich erklären."

Ich funkelte ihn böse an.

„Du hattest vorhin die Chance dazu. Ich möchte, dass du jetzt gehst."

Ich sah, wie er zu Claire blickte und sie ihm zunickte. Ich wunderte mich, was zwischen den beiden wohl vorging. Seit wann die beiden überhaupt Kontakt hatten. Da fiel mir ein, dass die eine SMS schon so komisch klang, als ich bei Tobi war.

Warum bekomme ich keine Antwort, aber Claire schon?

„Darf ich reinkommen?", fragte Claire vorsichtig. Ich nickte und trat zur Seite. Liam blieb draußen stehen.

„Mein Gott, wieso warst du weg? Und wieso hast du nicht Bescheid gesagt, dass du wieder da bist?", fing sie gleich an, sobald ich die Tür geschlossen hatte.

„Woher weißt du, dass ich wieder da bin?"

Claire biss sich auf die Lippe und sah verunsichert auf den Boden. Mein Gefühl hatte mich nicht getäuscht. Irgendwas stimmte hier gewaltig nicht.

„Können wir oben reden?" Ich nickte und ließ sie vorgehen.

Sie ging nach oben in mein Zimmer und nahm auf meinem Bett Platz.

„Also?" Sie schaute mich nicht an und machte keine Anstalten mir zu antworten. Ich ahnte schon warum. Mir reichte es.

„Ich hab' die Nase voll von Menschen, die mir nicht antworten und mir Sachen verheimlichen. Wenn du nichts zu sagen hast, kannst du gerne gehen."

„Nein, es tut mir leid. Liam hat mir gesagt, dass du heute Nacht bei ihm warst."

Ich verstand die Welt nicht mehr.

„Was hast du mit Liam zu tun?"

„Es tut mir leid, das war alles so nicht geplant."

„Was? Was war nicht geplant?"

Ich wurde lauter und ahnte, worauf das hinauslaufen würde.

„Wir haben uns getroffen, nachdem du weg warst. Er hat dich gesucht und ich wollte ihn ablenken, also waren wir was trinken und haben beide etwas zu viel getrunken und dann führte eins zum anderen."

Mir stockte der Atem. Das konnte nicht wahr sein. Konnte dieser Tag noch schlimmer werden?

„Was. Ist. Passiert?" Sie schwieg.

„Was passiert ist, Claire!"

Ich wurde laut. Ich sah, wie sie mit den Tränen kämpfte.

„Wir haben miteinander geschlafen."

Ihr rollte eine Träne über die Wange. Ich konnte sie nicht ansehen. Ich drehte mich weg. Wie konnte sie mich nur so hintergehen.

„Einmal?"

„Was?"

„Ob das eine einmalige Sache war?"

Sie blieb stumm. Auch hier war das Schweigen genug Antwort.

„Geh. Ich will nichts mehr von dir hören. Von Liam auch nicht."

„Aber Fay."

„Nichts, aber Fay. Du hast gesehen, wie sehr mich Liam durcheinandergebracht hat. Du hast gesehen, dass ich noch Gefühle für ihn habe, egal welche. Und trotzdem tust du mir sowas an? Du willst eine Freundin sein? Geh!"

Ich schrie sie an.

Ich konnte nicht fassen, wie meine Welt innerhalb von ein paar Stunden so eine Wendung nehmen konnte.

Claire stand auf, blieb aber in der Tür nochmal stehen.

„Es tut mir leid." Sie hauchte es so sanft, dass ich es kaum hörte.

Ich schloss die Augen. Da war er wieder, dieser Schmerz der Enttäuschung. Zu oft hatte ich dieses Gefühl schon gehabt.

Ich hörte, wie die Haustür zuging. Ich ließ mich auf mein Bett fallen. Und weinte. Ich weinte mich in den Schlaf und wachte erst am nächsten Morgen auf.

Die letzten Ferientage vergingen und zogen an mir vorbei. Ich verkroch mich die meiste Zeit in meinem Zimmer. Ich sprach kaum mit meinem Vater. Ich hatte auch keinen Appetit. Ich fühlte mich so hintergangen und verletzt. Nichtsdestotrotz brachte mir mein Vater regelmäßig etwas zu essen und zu trinken. Er versuchte auch, mich aufzumuntern, mich aus meinem Zimmer rauszubekommen. Ohne Erfolg.

Weder Liam noch Claire versuchten mich nochmal zu erreichen.

Heute war der erste Schultag und mir graute es jetzt schon davor, Claire wiederzusehen. Aber ich beschloss, stark zu sein. Ich würde ihr nicht zeigen, wie sehr es mich mitnahm.

Eigentlich fühlte ich mich leer und wäre am liebsten zuhause im Bett geblieben.

Stattdessen schnappte ich mir doch mein Fahrrad und fuhr zur Schule.

Ich schloss mein Fahrrad an, blickte zur Eingangstür der Schule und sah Claire. Mit Liam. Mein Herz rutschte mir in die Hose. Ich richtete mich auf, straffte die Schultern und ging selbstbewusst zu Claire und Liam.

Ich wollte Liam genauso einen Stich versetzten wie er mir mit Claire.

„Liam, du solltest dich mal bei Tobi melden. Der macht sich Sorgen um dich."

Mit diesen Worten ließ ich ihn stehen und hoffte, dass meine Vermutung richtig war, dass die beiden sich kannten. Wenn nicht, wäre das grad ziemlich peinlich gewesen.

Ich hörte, wie er mir etwas hinterherrief, aber ich verstand nicht was, und um ehrlich zu sein, war es mir auch egal.

Der Schultag nahm seinen Lauf. Ich fühlte mich nicht richtig anwesend. Ich hörte die Lehrer reden und sah die anderen mitschreiben, aber ich nahm kein Wort wahr und schrieb auch nicht mit.

Claire startete ein paar Versuche, sich mit mir zu unterhalten, die ich aber allesamt unterband, was gar nicht so einfach war, wenn man in fast jeder Stunde nebeneinander saß. Aber auch die Zettel, die sie mir rüberschob, ignorierte ich. Ich las noch nicht mal, was da drauf stand.

Ich sah in der Pause auf mein Handy und bemerkte, dass Liam mir geschrieben hatte. Mein Herz schlug schneller, als ich die Nachricht öffnete und las:

Woher kennst du Tobi? Und woher weißt du, dass er sich Sorgen macht?

Ich klickte sie weg und steckte das Handy zurück in meine Tasche. Ein Gefühl des Triumphes stieg in mir auf und ich lächelte leicht.

In der Pause merkte ich, wie mein Handy wiederholt vibrierte; ich sah auf das Display: *Mary*. Ich ging ran.

„Hey Mary, was gibt's? Wie geht's dir?"
„Hey Fay." Sie klang nicht gut.
„Was ist los?"
„Tobi." Ich hörte, wie sie schluckte und mir blieb mein Herz stehen.
„Mary, was ist mit Tobi?" Ich bekam Panik. Bitte nicht. Nicht er.
„Er hatte einen Unfall. Er liegt im Krankenhaus."
Scheiße. Trotzdem fiel mir ein Stein vom Herzen. Er lebte.
„Oh mein Gott, wie ist das denn passiert?"
Ich war definitiv besorgt, aber er hatte sich ja noch nicht einmal von mir verabschiedet. Ich wusste nicht, was ich von der ganzen Sache halten sollte.
„Er hatte einen Autounfall. Und da Tobi keinen Kontakt zu seinen Eltern hat und auch sonst niemanden hat, und da du mir von euch erzählt hast, glaube ich, du könntest ihm helfen."
„Er hat doch dich. Ich weiß zwar nicht warum, aber du hast doch von seinem Unfall erfahren, denn hilf du ihm doch. Ich glaube nicht, dass ich helfen kann. Ich bezweifle, dass er mich sehen will. Ich habe ihn seit dem letzten Mal nicht mehr gesehen und nicht mehr gesprochen."
„Er will sich von mir nicht helfen lassen. Bitte."
„Es tut mir leid Mary."

Ich legte auf. Ich wusste nicht warum. Ich wusste nicht, was ich fühlen sollte. Ich hatte Angst. Angst um Tobi, aber auch Angst davor, wie er reagieren würde, wenn ich auf einmal bei ihm auftauchen würde. Ich verdrängte das schlechte Gewissen, was sich in mir breitmachte.

Ich versuchte, mich stattdessen auf den restlichen Unterricht zu konzentrieren, aber es gelang mir nicht.

Ich merkte, wie mein Handy vibrierte. Mary hatte mir eine Nachricht geschrieben:

Es tut mir leid, ich hätte es dir schon früher sagen sollen: Nachdem du weg bist, war Tobi bei mir im Laden und wir haben uns zum Kaffee verabredet. Wir haben stundenlang über Lexy geredet. Und als ich dann los musste, hatte ich ein ganz doofes Gefühl, Tobi alleine gehen zu lassen, aber ich bin trotzdem gegangen. Und dann rief mich die Polizei an, aufgrund der Nachrichten, die wir geschrieben hatten.

Er hatte den Unfall direkt nach unserem Treffen, Fay. Ich fühle mich schuldig. Aber ich habe gemerkt, dass ich ihn mehr runterziehe, statt ihm zu helfen. Deswegen bitte ich dich noch einmal um Hilfe.

Beim Lesen der Nachricht musste ich schlucken. Na klar verstand ich Marys Sorge und natürlich änderte das fast alles, trotzdem blieb ich dabei, dass ich vielleicht gar nicht erwünscht war. Ich steckte das Handy wieder in die Tasche und schaute wieder nach vorne an die Tafel.

Ich musste immer wieder an Tobi denken, wie er da im Krankenhaus lag und sich wahrscheinlich einsam fühlte. Ich kannte dieses Gefühl.

Ich fragte mich, was Mary damit meinte, als sie sagte, dass Tobi keinen Kontakt zu seinen Eltern hat.

Als die Unterrichtsstunde zu Ende war, packte ich meine Sachen zusammen und machte mich direkt auf den Weg nach Hause. um ein paar Klamotten für die nächsten Tage einzupacken. Mein Vater war Gott sei Dank noch nicht gekommen. Danach machte ich mich auf den Weg zum Bahnhof. Ich holte mein Handy aus meiner Tasche und schrieb erst meinem Vater:

Hallo Papa,
Tobi liegt im Krankenhaus, ich muss zu ihm. Ich bin bald zurück. Ich hab dich lieb.
Fay

Dann schrieb ich Mary:

„Ich bin auf dem Weg. Hab' so lange ein Auge auf ihn. Bin in ca. zehn Stunden da. Schickst du mir bitte die Adresse vom Krankenhaus?"

Ich versuchte, während der Zugfahrt etwas zu schlafen, schaffte es aber maximal eine halbe Stunde, die Augen zuzumachen. Ich machte mir große Sorgen. Gleichzeitig freute ich mich aber auch, ihn wieder zu sehen. Mehr als ich es zugeben wollte.

Ich versuchte, mich mit meinem Handy abzulenken.
Auf einmal blinkte eine Nachricht von Mary auf:

Schreib mir zehn Minuten bevor du da bist, ich hol dich vom Bahnhof ab. Ich kann eh nicht schlafen.

Ich schrieb als Antwort:
Okay danke, ich bin in zwei Stunden da.

Mary:
Bis später.

Ich stieg aus und suchte den Bahnsteig nach Mary ab. Ich hatte ihr vor exakt zehn Minuten geschrieben. Da sah ich sie auch schon auf mich zulaufen. Sie fiel mir in die Arme und ich merkte, wie fertig sie das machte, obwohl sie ihn gar nicht wirklich kannte.

Wir sagten kein Wort. Die ganze Autofahrt nicht. Im Krankenhaus auch nicht. Und auf dem Weg zu Tobis Zimmer auch nicht. Sie blieb vor einem Zimmer stehen und deutete auf die Tür.

„Ist wahrscheinlich besser, wenn du da allein reingehst. Ich warte hier."

Ich nickte. Ich legte meine Hand auf die Türklinke und merkte, wie mir mein Herz bis zum Hals schlug. Ich konnte immer noch nicht sagen, wie er wohl reagieren würde.

Ich fasste meinen Mut zusammen und drückte die Klinke runter und öffnete die Tür.

Das Licht war aus.

Ich erkannte, dass er im Bett lag, mit dem Rücken zur Tür. Ich dachte, er schlief und wollte gerade wieder rausgehen, als er sagte: „Geh raus Mary, ich will allein sein."

Er wusste anscheinend nicht, dass Mary mich angerufen hatte.

„Mary ist draußen. Und ich werde nicht gehen, falls du auf die Idee kommst, mich auch rausschmeißen zu wollen."

Mit einem Schwung setzte er sich auf und machte sein kleines Licht über seinem Bett an.

„Fay."

Er sagte meinen Namen so sanft, als würde er gleich zerbrechen. Ich bekam Gänsehaut. Und mit einem Mal, waren alle Gefühle, die ich für ihn hegte, wieder da. Als wäre ich nie weggewesen.

„Hey", hauchte ich zurück.

Ich ging zu ihm und setzte mich auf sein Bett. Er warf sich mir um den Hals.

„Was machst du denn nur für Sachen."

Er sah mich mit ausdruckslosen Augen an. Ich sah, dass er Tränen unterdrückte.

„Ich weiß nicht, warum ich noch bleiben soll. Ich hab' doch niemanden."

Ich konnte nicht glauben, dass er das wirklich dachte.

„Sag das nicht. Wenn du niemanden hättest, dann wäre ich nicht hier. Und Mary. Die mich im Übrigen angerufen hat, weil sie sich so Sorgen um dich gemacht hat. "

„Ich dachte, ich hätte dich nach unserer Nacht vergrault. Ich hab' mich geschämt. Ich dachte, du bereust es, deswegen bin ich morgens schon vor dir weg. Und dann hab' ich abends deinen Zettel gefunden und hab es bereut, dich nicht nochmal gesehen zu haben. Du hast mir so viel Halt gegeben diese beiden Tage und dann warst du auf einmal weg. Weg aus meinem Leben. Und mit dir war all das Positive wieder vorbei. Ich hatte noch nicht einmal deine Nummer. Ich wusste nicht, wie ich das alles allein schaffen sollte."

Ich drückte ihn an mich.

„Nein, du hast mich nicht vergrault. Wie kommst du denn auf die Idee? Du hättest doch einfach mit mir reden können."

„Ich weiß, aber ich habe mich nicht getraut. Ich hatte zu viel Angst." Ich nickte. Ich konnte ihn sogar verstehen. Mir war es ja ähnlich ergangen.

„Ich werde dir jetzt erstmal nicht von der Seite weichen. Ich bin schockiert, dass du denkst, du wärst allein."

„Du kannst ja aber nicht hierbleiben."

„Hier im Krankenhaus? Warum, haben die Ärzte das gesagt?" Ich war leicht verwirrt.

„Nein, ich meine, du kannst doch nicht für immer bei mir bleiben."

Er schaute verlegen auf die Bettdecke.

Er hatte recht. Leider.

„Ich bleibe für ein paar Tage und dann schauen wir weiter. Wo ist dein Handy?"

Er deutete auf den kleinen Tisch neben seinem Bett. Ich tippte meine Nummer in sein Handy und legte es wieder zurück. „Jetzt geh ich nie mehr aus deinem Leben. Wenn was ist, du dich einsam fühlst, rufst du mich an." Er nickte.

„Sag mal, wieso fragst du nicht, wie die Ärzte oder die Polizei oder wie Mary, was passiert ist?", fragte Tobi mich.

„Weil ich die Antwort weiß. Ich möchte weder, dass du mich anlügen musst, noch möchte ich es hören. Ich bin entsetzt genug. Und ich will mir nicht vorstellen, was passiert wäre, wenn dein Plan geklappt hätte." Tränen stiegen in meinen Augen auf. Ich kannte ihn zwar noch nicht lange, aber wenn er jetzt sterben würde, würde ich damit nicht klarkommen.

Er sagte nichts.

„Bleibst du die Nacht hier?" Er schaute mir erwartungsvoll in die Augen.

„Wenn du das möchtest, ja. Ich sag nur Mary kurz Bescheid." Ich ging raus und erklärte ihr, dass sie ruhig nach Hause könne und ich die Nacht hierbleiben würde. Wir umarmten uns und dann ging sie nach Hause und ich zurück zu Tobi ins Zimmer. Ich setzte mich auf den Stuhl neben seinem Bett, doch er rutschte an die Bettkannte und klopfte neben sich. Ich musste lächeln. Ich legte mich zu Tobi und er nahm mich in den Arm.

„Du hast auf den Zettel geschrieben, dass du weißt, wen ich suche. Wie hast du das gemeint?"

„Liam ist bei mir in Berlin."

Die Antwort kam wie aus der Pistole geschossen. Ich war selbst überrascht, wie einfach mir das über die Lippen ging.

Er stützte sich auf seinen Arm und sah mich entgeistert an. „Woher kennst du denn Liam?"

Ich überlegte kurz, ob ich Tobi davon erzählen sollte. Ich wollte ihm nichts verheimlichen. Also ja, sollte ich.

„Er ist mein Ex und ist wegen mir nach Berlin gekommen, dachte ich jedenfalls."

„Wie, warte, *du* bist seine Ex? Du hast das Baby…?"

Er machte eine Pause und musste meinen Schmerz, der mir bei dem Satz durch den Magen ging, in meinen Augen gesehen haben.

„Es tut mir leid. Das war äußerst rücksichtslos von mir."

Ich schüttelte den Kopf.

„Ist schon gut. Er hat dir davon erzählt?"

„Ja, kurz nachdem er das erfahren hatte, wusste er nicht, wohin er sollte. Er kam zu mir und suchte Rat. Aber warum bist du dann hier und nicht bei ihm, wenn er wegen dir in Berlin ist?"

Ich erzählte ihm, was die letzten Tage passiert ist. Zwischen mir und Liam, zwischen Claire und Liam und zwischen Claire und mir und dass ich glaubte, keine Zukunft mehr mit Liam zu haben.

„Ich glaube, ich möchte das auch gar nicht mehr. Das, was passiert ist, hat uns beide kaputt gemacht. Und dass er dann einfach was mit Claire anfängt, hat mir irgendwie den Rest gegeben."

Er hörte mir geduldig zu.

„Ich kann das verstehen, aber um ihn in Schutz zu nehmen, du bist schließlich hier bei mir und wir beide sind auch kein unbeschriebenes Blatt."

Er hatte Recht. Ich war nicht besser als er. Wie könnte ich erwarten, dass er etwas *nicht* tut, was ich aber selbst getan hatte.

Ich würde nochmal mit Liam reden müssen.

„Aber jetzt hab' ich noch mehr Respekt vor dir."

„Warum?" Ich verstand nicht.

„Du hast nicht nur deine Mutter verloren, und trotzdem gehst du so positiv durchs Leben."

Ich zuckte mit den Schultern. Ich wusste nicht, was ich darauf antworten sollte. Für mich war es normal.

Wir redeten fast die ganze Nacht. Über alles. Über Dinge, die wir gerne machten, über Dinge, die wir hassten und über Belangloses. Aber das war egal. Ich vergaß die Welt um mich herum, wenn Tobi bei mir war. Auch wenn wir schwiegen, war die Welt für mich wieder heil.

Irgendwann am frühen Morgen schlief ich in seinen Armen ein.

Er weckte mich, indem er mir über die Haare streichelte und mir einen sanften Kuss auf die Stirn gab.

„Die Visite kommt gleich, ich dachte, da solltest du lieber wach sein."

Ich nickte und setzte mich auf. Ich ging ins Bad und machte mich etwas frisch.

Tobi hatte recht, keine fünf Minuten später kam die Visite und ich ging solange raus auf den Flur.

Gott sei Dank waren Tobis Verletzungen nicht schlimm. Er hatte sich nur den Arm gebrochen und einige blaue Flecken, sodass er am Nachmittag entlassen wurde.

Ich beschloss, noch zwei Tage zu bleiben, um ein Auge auf ihn haben zu können. Das war das, was ich ihm sagte. In Wahrheit wollte ich einfach noch bei ihm bleiben. Denn schon der Gedanke, ohne ihn wieder nach Berlin zu fahren, zerriss mir das Herz.

„Du musst wirklich nicht noch bleiben." Tobi versuchte, mir eine Rückzugsmöglichkeit anzubieten, aber ohne Erfolg. Ich wusste, dass ich nicht musste. Wir beide wussten, dass er auch ohne mich klarkommen würde.

„Und wie sie bleiben muss", kam von Mary, die uns aus dem Krankenhaus abgeholt hatte und uns zu Tobi fuhr. Ich nickte zustimmend. Sie hielt vor Tobis Haus. Ich half Tobi beim Austeigen, dem noch sichtlich alles weh tat. Ich verabschiedete mich von Mary und sah, wie auch Tobi sich durch das Beifahrerfenster beugte und ihr etwas zuflüsterte.

„Was hast du noch zu ihr gesagt?"

Er lächelte mich schief an.

„Das bleibt mein Geheimnis."

„Du bist doof."

Er lief an mir vorbei zur Haustür und wartete dort auf mich. Ich hatte seine Tasche mit dem Schlüssel drin.

Ich schloss die Tür auf und ging einen Schritt zur Seite, damit er an mir vorbei reingehen konnte.

Er schmiss seine Jacke auf den Esstisch und ließ sich sanft aufs Sofa gleiten. Ich stellte meine Tasche ab und setzte mich dann auf die andere Seite der Couch. Einerseits wollte ich am liebsten keinen Abstand zwischen uns, andererseits dachte ich, dass es eventuell das Beste wäre. Für uns beide.

„Es tut mir leid." Ich sah ihn verständnislos an.

„Was denn?"

„Dass du extra wegen mir hergekommen bist und jetzt auch noch wegen mir bleiben musst."

„Müssen tue ich schonmal gar nichts. Du bist mir unglaublich ans Herz gewachsen. Ich hätte es mir nicht verziehen, wenn ich nicht nach dir geguckt hätte."

Ich streckte meine Hand aus und legte sie ihm auf den Oberschenkel. Seine Hand fand meine.

„Außerdem finde ich, sollten wir aufhören, uns immer zu entschuldigen. Ich kanns langsam nicht mehr hören."

Ich lachte und drückte seine Hand.

Er nickte und lächelte schwach.

Mein Magen knurrte so laut, dass auch Tobi ihn hören konnte. Er grinste. Ich zog meine Hand weg und stand auf.

Ich sah Tobi an und sah Enttäuschung in seinem Gesicht.

„Ich hab' Hunger. Du auch? Ich kann was kochen."

Amüsiert schaute er mich an.

„Oder du setzt dich wieder und wir bestellen was. Wir können ja auch 'nen Film schauen."

Er klopfte neben sich. Ich nickte und setzte mich wieder, diesmal direkt neben ihn.

Er gab mir die Fernbedienung.

„Du suchst den Film aus und ich bestelle das Essen?"

„Guter Plan." Ich lächelte.

Nachdem er das Essen bestellt hatte, startete ich den Film.

Ich spürte die ganze Zeit das Verlangen, mich an Tobi zu lehnen, aber etwas hielt mich davon ab. Ich sah ab und an zu ihm rüber und beobachtete ihn für einen Moment. Er sah einfach so verdammt gut aus, und sein Geruch erst. Das Kribbeln in meinem Bauch wurde immer mehr. Ich konnte es kaum glauben, dass er hier neben mir saß.

„Du weißt schon, dass der Film vorne spielt?"

Er riss mich aus meinen Gedanken und ich merkte, wie ich rot wurde.

Er grinste schief und drückte auf Pause.

„Was ist los? Ich merk doch, dass du mich immer wieder beobachtest."

„Ich bin selbst erstaunt, wie viele Sorgen ich mir um dich gemacht habe und immer noch mache. Und ich habe irgendwie das Gefühl, das zwischen uns etwas nicht stimmt. Wir haben ja auch nicht mehr geredet nach der Nacht."

Ich merkte, wie meine Wangen noch heißer wurden. Mir wurde auf einmal absolut klar, dass ich mich in Tobi verknallt hatte.

Ich hatte Angst vor dem, was er gleich sagen würde.

„Ich habe das Gefühl, du gehst auf Abstand. Ich will dich zu nichts zwingen, also lass ich dich auf Abstand gehen, obwohl ich nichts lieber wollen würde, als dich in meine Arme zu ziehen. Du bist das Beste seit langer Zeit und ich bereue nicht eine Sekunde, und ganz ehrlich? Ich will dich auch nie mehr aus meinem Leben lassen."

Er sah mir direkt in die Augen, während er sprach.

Seine Worte wärmten mein Herz und er sprach mir aus der Seele.

„Ich will auch gar nicht mehr aus deinem Leben gehen."

Mit diesen Worten beugte ich mich zu Tobi und küsste ihn. Er zog mich auf seinen Schoß. Ich fuhr mit meinen

Händen durch sein volles Haar und ich merkte, wie seine Hand in meinen Nacken wanderte und mich noch näher an sich zog.

Ich legte meine Hände auf seine Brust und stemmte mich von ihm weg.

„Moment." Ich war völlig außer Atem.

„Was?" Auch Tobi keuchte.

„Ich muss mal Luft holen." Ich lachte.

Erleichtert atmete er auf.

„Gut, dann hast du ja jetzt Luft geholt und wir können weiter machen." Erneut legte er seine Lippen auf meine und küsste mich, diesmal aber sanft und zärtlich, als wäre ich zerbrechlich.

Die Haustürklingel unterbrach uns und verwundert sahen wir uns an.

„Erwartest du noch jemanden?"

„Nein eigentlich nicht."

Ich stieg von seinem Schoß und er stand auf.

Es klingelte in der Zwischenzeit ein zweites und sogar ein drittes Mal.

„Mensch, das muss ja dringend sein.", warf ich ihm hinterher. Er drehte sich zu mir um und zuckte mit den Schultern. Ich hörte, wie er die Tür öffnete. Ich konnte nicht erkennen, mit wem Tobi dort sprach. Ich verstand auch nur einzelne Worte. *Handy, was ist passiert, Leon, Krankenhaus, Zuhause.* Mir blieb das Herz fast stehen, als ich das nächste Wort hörte: *Fay.* Das konnte nicht sein. Ich stand auf und schlich langsam in Richtung Tür, um genauer zu verstehen, mit wem Tobi da sprach. Je näher ich kam, desto deutlicher verstand ich, dass tatsächlich Liam vor der Tür stand. Ich fasste meinen ganzen Mut zusammen und trat in den Flur. Liam stockte mitten im Satz und sah mich entsetzt an. Er drängelte sich an Tobi vorbei und ging auf mich zu.

„Was in Gottesnamen hast du hier zu suchen?"

Seine Stimme war bedrohlich ruhig. Ich hörte Tobi die Tür zu machen.

„Ähm. Tobi hatte einen Unfall und ich wollte sehen, wie es ihm geht. Was ist dein Argument hier zu sein?"

„Du wolltest sehen, wie es ihm geht? War wohl ziemlich wild deine Fürsorge."

Er deutete auf meine Haare. Ich brauchte keinen Spiegel. Ich konnte mir vorstellen, wie meine Haare aussahen, nachdem Tobi darin rumgewühlt hatte. Ich stöhnte innerlich. Das hatte mir gerade noch gefehlt.

Ich reagierte nicht auf seine Aussage. Ich konnte mich da nicht rausreden.

„Nach deinem Satz in der Schule dachte ich mir, dass du recht hast und ich mich wirklich bei Tobi melden sollte. Dann habe ich erfahren, dass er einen Autounfall hatte und wollte nach ihm sehen. Ihn fragen, ob er was braucht. Aber so wie's aussieht, ist er ja bereits bestens versorgt. Und die Frage, ob er dich kennt, kann ich mir wohl dann auch sparen."

Er musterte mich abwertend. Er schüttelte den Kopf, drehte sich um und stürmte auf die Tür zu. Tobi versuchte ihn am Ärmel festzuhalten, aber Liam riss sich los und wandte sich nochmal an mich.

„Du bist kein Stück besser als ich."

Mit diesen Worten stürmte er raus. Ich lief ihm bis zur Haustür hinterher und blieb im Türrahmen stehen. Er sah so verletzt aus. Ich verstand die Welt nicht mehr. Er hatte doch Claire, warum hatte ich dann gerade das Gefühl, ihm das Herz gebrochen zu haben?

„Fay." Ich spürte Tobis Hand auf meiner Schulter. Ich drehte mich um, ging rein und schloss die Tür. Er sagte nichts und lief mir nach, zurück ins Wohnzimmer.

„Es tut mir leid." Diesmal entschuldigte sich Tobi.

„Wofür? Du kannst doch nichts dafür, dass Liam hier aufgetaucht ist."

„Du siehst aber so aus, als müsste ich mich entschuldigen. Was ist los?" „Er sah so verletzt aus, als er dich gesehen hat und deine Haare. Er hat eins und eins zusammengezählt und ich fühle mich schlecht. Vielleicht solltest du zu ihm gehen und mit ihm reden. Dann könnt ihr beide nochmal von vorne anfangen."

Ich sah den Schmerz in seinen Augen, als er das sagte und konnte es nicht fassen.

„Nein!", sagte ich ein wenig zu schrill.

„Was, nein?" Er sah mich verwundert an

„Er hat in Berlin, während ich bei dir war, mit meiner besten Freundin geschlafen und zwar mehrmals. Ich möchte keinen Neuanfang mit ihm. Wenn er wirklich nach Berlin gekommen wäre, um mich zurück haben zu wollen, hätte er nicht mit Claire geschlafen. Er kann mir nichts vorwerfen. Er hat mich damals im Stich gelassen und verlangt jetzt, dass ich ihn wieder in mein Leben lasse?"

„Du willst ihn gar nicht zurück?" Er hörte sich an, als wäre das ein überraschender Gedanke für ihn.

„Als ich das letzte Mal von hier abgereist bin, hab' ich die ganze Bahnfahrt überlegt, was ich jetzt mache, wie ich zu ihm stehe, aber dann ist mir klargeworden, was für großartige Tage wir zusammen hatten und dass ich das so mit ihm nie hatte und höchstwahrscheinlich auch nie haben werde."

Er lächelte mich an.

„Tust du mir trotzdem einen Gefallen?" sein Lächeln verschwand.

„Welchen?" Ein mulmiges Gefühl breitete sich in mir aus. „Rede bitte mit ihm und klärt das."

Ich nickte, denn er hatte recht. So konnte ich das nicht stehen lassen.

„Du hast recht. Ich schreib ihm, dass ich mit ihm reden will." Ich ging zu meiner Tasche und kramte mein Handy raus.

Ich wählte den Chat mit Liam und schrieb:

Es tut mir leid, dass du das so rausgefunden hast. Ich würde gerne in Ruhe mit dir über alles reden. Können wir uns treffen?

Ich musste nicht lange auf eine Antwort warten.

Ja, komm zu mir. Jetzt. Tobi kennt die Adresse.

Distanziert und kühl. War nicht anders zu erwarten. Und ich konnte es ihm nicht einmal verübeln.

„Liam sagt, du kennst seine Adresse? Er will, dass ich jetzt zu ihm komme."

„Ja, komm ich fahr dich schnell."

„Äh, ich glaube wohl nicht."

Ich deutete auf seinen gebrochenen Arm und er setzte sich seufzend wieder aufs Sofa. Er gab mir die Adresse und ich machte mich auf den Weg. Zu Fuß waren es nur zwanzig Minuten. Ich atmete die kühle Abendluft ein und überlegte mir, wie ich das Gespräch mit Liam wohl am besten gestalten würde. Nach mehreren Anläufen beschloss ich, dass ich es einfach auf mich zukommen lassen würde.

Ich stand vor einem Zweiparteienhaus und sah Liams Nachnamen auf einem der Klingelschilder stehen und klingelte. Es dauerte kurz, dann ertönte der Türöffner.

Ich betrat den Hausflur und sah Liam links schon in der Wohnungstür stehen.

Er sah fertig aus.

„Hi."

Mehr brachte ich bei seinem Anblick nicht raus, weil ich mich schuldig fühlte. Schuldig für sein Aussehen. Er antwortete nicht, sondern ging einen Schritt zur Seite, um mich reinzulassen. Ich stand das erste Mal in seiner Wohnung. Damals hatte er noch bei seinen Eltern gewohnt. Die Wohnung war schlicht eingerichtet und in grau-weiß gehalten. Mir persönlich wäre die Atmosphäre zu kühl, aber für ihn war es passend.

„Möchtest du was trinken?", fragte Liam höflichkeitshalber. Ich schüttelte den Kopf. Er nickte und ging auf das Sofa zu und schaute über die Schulter zurück, mit einem Blick, der sagte, dass ich ihm folgen sollte. Ich setzte mich neben ihn aufs Sofa.

„Also…" Ich wusste nicht, wie ich anfangen sollte.

„Wieso Tobi? Wieso tust du mir das an?" Ich musste auflachen. Mir wurde klar, dass das hier kein ruhiges

119

Gespräch werden würde. Dafür hatte Liam gerade gesorgt.

„Wieso lachst du da?"

„Kannst du dir nicht denken, wieso ich deine Frage völlig absurd finde?"

„Nein, kann ich nicht."

„Du wirfst mir vor, etwas mit Tobi zu haben, was du im Übrigen nicht weißt, sondern nur vermutest, und selbst denkst du, hast du das Recht, mit meiner besten Freundin zu schlafen?" Er schaute mich verwundert an. Er schien nicht gewusst zu haben, dass ich das mit ihm und Claire wusste.

„Claire hat es mir erzählt. Leugnen ist zwecklos."

„Ich wollte nicht, dass du es erfährst."

Ich schnaubte

„Und das macht die Sache besser, oder was? Du zeigst mir nur grade, wie sehr ich mich in dir geirrt habe und was für'n Arsch du eigentlich bist."

„Aber im Grunde genommen ist doch an allem nichts Großes dran, du hast mit Tobi geschlafen und ich mit Claire, wir sind quitt, würde ich sagen, oder?"

„Das hier ist kein Wettkampf, Liam! Hier gibt es kein *Quitt sein*. Mir geht es darum, dass du angeblich nach Berlin gekommen bist, um mit mir zu reden oder mich zurückzugewinnen oder weiß was ich warum, aber das kann dir ja alles nicht so wichtig gewesen sein, wenn du mit Claire schläfst. Du weißt doch ganz genau, dass das 'nen Keil zwischen uns treibt. Also zwischen dich und mich."

„Ja, aber das zwischen ihr und mir..." Er machte eine Pause und schaute verlegen auf den Boden.

„Was?"

„Das ist nicht nur für eine Nacht gewesen. Da ist mehr zwischen uns. Und ich wünsche mir, dass du damit klarkommst, wenn wir uns weiter treffen." Er schaute mich erwartungsvoll an. Ich hatte mit vielem gerechnet, aber damit nicht. Dennoch atmete ich erleichtert auf.

„Weißt du, ich wusste nicht, wie dieses Gespräch hier laufen würde und ich hatte tatsächlich Sorge, ich hätte dir mit der Sache mit Tobi das Herz gebrochen. Du sahst so verletzt aus, als du gegangen bist."

„Ja, es hat mir verdammt weh getan, als ich das realisiert habe und ich wusste in dem Moment selbst nicht wieso, nur dass ich wusste, ich habe dich endgültig an einen anderen verloren. Aber... Aber es ist okay. Denke ich."

Er schaute mich immer noch an, als ob er auf eine Antwort wartete.

„Ja, für mich ist es auch okay, wenn ihr euch weiter trefft und das mit euch klappt." Ich legte meine Hand auf seine und drückte sie sanft.

Anscheinend war dieses Gespräch endlich ein Abschluss für uns beide. Er schaute mich verwirrt an.

„Wieso nimmst du das denn so gut auf, das mit Claire und mir? Ich hatte jetzt eher mit einer Standpauke gerechnet oder sowas in der Art."

Er machte eine Pause und schien eine Sekunde zu überlegen, bevor er sich selbst antwortete, ehe ich dazu kam.

„Tobi."

Bei dem Namen musste ich lächeln. Er hatte recht.

„Jetzt sag, was ist die paar Tage zwischen euch vorgefallen?" Ich würde ihm sicher nicht alles erzählen, aber einen Teil konnte er wissen.

„Du kanntest doch sicher Lexy?"

Er nickte.

„Er hat sich mir anvertraut und seine Mauer fallen lassen und mich dazu gebracht, meine ebenfalls abzulegen. Ich hab' ihm von meiner Mutter erzählt und wir haben beide gemerkt, wie ähnlich wir uns sind und uns aber gleichzeitig gut tun."

„Das klingt nach einem ziemlich verheulten Wochenende."

Er hatte recht. Bis jetzt hatten wir nur traurige Sachen erlebt.

„Ist dir das vorher nicht klar gewesen?"

Er musste an meinem Gesicht erkannt haben, dass ich jetzt erst merkte, wie recht er hatte.

„Nein, aber ich würde das jetzt gerne ändern. Haben wir alles soweit geklärt?"

Ich stand auf.

„Ja denke schon, bleiben wir in Kontakt als Freunde? Und es ist alles cool zwischen uns?"

Er reichte mir die Hand und ich ergriff sie lächelnd.

„Ja es ist alles cool und ich würde mich freuen, wenn wir in Kontakt bleiben. Wir werden uns noch oft sehen. Ich bin Claires beste Freundin." Ich grinste ihn an.

Er begleite mich noch zur Tür. Es war bereits dunkel. Ich wollte gerade raus, als er mich am Arm zurückhielt.

„Warte."

Ich wusste nicht, was er vorhatte. Er verschwand in der Wohnung und kam mit Jacke zurück.

„Ich fahr dich schnell rum."

„Dankeschön, das ist sehr nett." Auf der Rückfahrt alberten wir rum, wie früher, als noch alles gut war. Es tat gut zu wissen, dass wir beide alles geklärt hatten. Es schien, als hätten wir unseren Frieden miteinander gefunden. Natürlich war ich immer noch traurig und verletzt wegen damals, aber ich hatte gelernt, damit zu leben. Und das Gespräch mit Mary vor ein paar Monaten hatte mir geholfen, die Sache mehr aus Liams Sicht zu sehen und ich konnte nun besser verstehen, wieso er so gehandelt hatte.

Er hielt vor Tobis Haus und wir stiegen aus.

„Dann mach's gut."

„Du auch."

Wir umarmten uns und ich ging zur Haustür. Ich hörte, wie Liam wegfuhr und wollte gerade klingeln, da ging auch schon die Tür auf. Er musste auf mich gewartet haben. Ich lächelte ihn an.

„Und, ihr habt alles geklärt?"

„Ja. Es ist alles in Ordnung."

Er zog mich in seinen Arm und drückte mich fest.

„Bist du schon müde?" Ich schaute ihn erwartungsvoll an. „Nein, willst du noch einen Film schauen?" Ich grinste.

„Nein, ich habe was anderes vor. Zieh deine Jacke an. Wir gehen noch ein wenig raus."

Tobi fragte mich immer wieder, wo wir denn hingehen würden und wann wir denn da wären. Er kam mir vor wie ein kleiner ungeduldiger Junge. Ich lächelte ihn als Antwort immer nur an. Er würde es gleich erfahren.

Ich hatte auf dem Weg zu Liam einen Park ganz in der Nähe gesehen und dort lief ich mit Tobi hin.

„Was machen wir denn hier im Park?"

Er schien wirklich keine Ahnung zu haben. Ich blieb auf einer großen Wiese stehen und schaute in den Himmel. Kein Baum und eine sternklare Nacht. Perfektes Wetter.

Ich sah, wie er es mir nachmachte und auch nach oben schaute.

„Bist du hier, um mit mir in den wunderschönen Sternenhimmel zu schauen?"

„So in etwa. Heute soll man wohl ganz viele Sternschnuppen sehen können."

Ich legte den Kopf erneut in den Nacken und schaute in den Himmel, um Ausschau nach einer Sternschnuppe zu halten.

Ich merkte, wie er hinter mich trat und seinen gesunden Arm um meine Taille legte. Ich legte meine Arme auf seinen und lehnte meinen Kopf an ihn. Ich hatte damit nicht gerechnet, fand es aber trotzdem wunderschön. So standen wir da und beobachteten die Sterne.

„Ist das der große Wagen?"

Tobi zeigte auf eine Gruppe von Sternen. Ich musste grinsen.

„Ich hab' keine Ahnung, für mich sind das einfach nur Sterne." „Man muss ja auch nur einen kennen und dann so tun, als ob man voll die Ahnung hat." Er lachte und ich stieg mit ein.

„Das ist eine gute Taktik." Er überraschte mich immer wieder.

Er löste sich von mir und nahm meine Hand. Er zog mich zu der Bank, die nur ein paar Meter hinter uns stand. Er setzte sich und ich setzte mich neben ihn. Er legte seine Hand auf meinen Oberschenkel und ich legte meine auf seine.

Es fühlte sich an, als ob wir ewig so dasaßen, und am liebsten wäre ich auch noch eine Weile geblieben, aber die Abende wurden jetzt doch schon kühler und ich fing an zu zittern. „Wollen wir zurücklaufen?"

Er musste gemerkt haben, wie ich zitterte. Ich nickte. Er löste sich von mir und ergriff meine Hand. Wir gingen langsam zurück.

Ich hatte keine Sternschnuppe gesehen, aber um ehrlich zu sein, habe ich auch nicht darauf geachtet; ich hatte Tobis Nähe zu sehr genossen.

„Sag mal, hast du eigentlich vorhin eine Sternschnuppe gesehen?", fragte ich und schaute ihn an.

„Ich habe irgendwann nicht mehr in den Himmel geguckt." Er lächelte.

„Was hast du denn sonst gemacht?", neckte ich ihn.

„Ich habe meine Augen geschlossen und das hier und jetzt mit dir genossen."

„Ich auch."

Er blieb stehen und drehte mich zu sich. Ich schaute ihm in die Augen und sah sie trotz der Dunkelheit leuchten. Er küsste mich. Ich machte einen halben Schritt auf ihn zu und erwiderte seinen Kuss. Er zog mich enger an sich.

„Danke.", murmelte er zwischen zwei Küssen.

„Was meinst du?" Ich löste mich von ihm und schaute ihn etwas verwirrt an. „Danke, dass du in mein Leben getreten bist." Er gab mir noch einen Kuss, legte mir den Arm um die Schulter und so gingen wir weiter.

„Ich bin auch sehr froh, dich getroffen zu haben."

Ich legte meinen Kopf an seine Schulter und er gab mir einen Kuss auf den Scheitel.

„Noch einen Wein oder gehst du ins Bett?", wir waren mittlerweile wieder zurück bei Tobi angekommen.

Ich legte meine Jacke auf einem Stuhl ab und schaute zu Tobi in die Küche. Er hielt bereits eine Flasche Rotwein hoch.

„Ich bin zwar schon müde, aber ein Gläschen nehm' ich trotzdem noch."

Er lächelte und nahm zwei Gläser aus dem Schrank und kam zu mir zum Sofa. Wir setzten uns und sahen uns an.

„Wie geht das jetzt weiter?" Auf seinem Gesicht lag ein besorgter Ausdruck.

Ich wusste, was er meinte und auch mir ging die Frage schon seit unserem letzten Sehen nicht mehr aus dem Kopf. Ich wollte Tobi auf jeden Fall weiter in meinem Leben behalten. Egal wie. Ich fragte mich nur, wie wir das anstellen sollten.

„Ich weiß es nicht."

Ich hatte Angst. Angst, dass er sich gegen mich entscheiden würde und wir getrennte Wege gehen würden. Ich wollte von ihm hören, dass ich mich irrte, bevor ich zugab, was ich dachte.

„Ich muss morgen wieder zurück nach Berlin. Kommst du denn ohne mich klar hier?"

Er schaute mich mit traurigen Augen an, zwang sich aber ein Lächeln auf.

„Ja, klar bekomm ich das auch ohne dich hin. Ich fand's aber wunderbar, dass du extra wegen mir zurückgekommen bist."

Wir schwiegen uns an und ich schaute weg. Ich wusste nicht warum, aber es brach mir das Herz, morgen zurückfahren zu müssen, und Tobi schien es genauso zu gehen, obwohl er es nicht aussprach.

Ich trank mein Glas Wein aus und verabschiedete mich, mit der Ausrede, dass ich müde sei, und ging hoch ins Gästezimmer.

Die Stimmung war von einer Sekunde auf die andere komisch geworden. Ich wollte allein sein und doch wollte ich es nicht sein. Ich ging ins Badezimmer, schminkte mich ab und putzte mir die Zähne.

Zurück im Zimmer, zog ich mich bis auf die Unterwäsche aus, denn Schlafsachen hatte ich vergessen mitzunehmen, und schlüpfte unter die Bettdecke.

Ich hörte, wie auch Tobi hochkam und ins Bad ging. Auch wie er wieder in sein Zimmer ging. Ich merkte, wie sich Enttäuschung in mir breit machte. Aber dann erklang seine Tür und nur wenige Sekunden später öffnete er meine. Ich setzte mich auf und sah in der Dunkelheit in Tobis Richtung. Ich sah seine Umrisse. Er kam zielstrebig auf mich zu, sagte aber kein Wort. Er drückte mich mit einem Kuss rücklings aufs Bett und bedeckt meinen Körper mit vielen sanften Küssen.

„Ich habe gelogen. Ich komme nicht ohne dich klar und ich will dich nicht gehen lassen", hauchte er mir ins Ohr und ich bekam Gänsehaut. Ich nahm sein Gesicht in meine Hände und küsste ihn, als würde er gleich für immer gehen. Wir legten beide unseren ganzen Emotionen in diesen einen Kuss. Voller Verzweiflung und Sehnsucht.

Wir waren uns so nah und doch so fern.

Er blieb die Nacht bei mir. Ich fühlte mich, als ob ich endlich angekommen wäre.

Ich wachte allein auf. Schon wieder. Das Bett neben mir war leer. Schon wieder. Ich bekam Angst, dass ich auch diesmal zurückfahren würde, ohne mich von Tobi verabschieden zu können. Ich sprang aus dem Bett und rannte runter, um nachzusehen, ob Tobi noch da war.

Und da stand er, Oberkörper frei in Jogginghose und hantierte in der Küche. Mir stach der Geruch von Eierkuchen in die Nase.

Ich rannte auf ihn zu und schlang meine Arme um seinen Hals.

Er legte seinen Arm um mich und schmiegte sich an mich. „Das ist aber eine nette Überraschung am Morgen." Er schob mich sanft von sich und betrachtete mich mit einem Lächeln von oben bis unten. Mir fiel ein, dass ich nur meine Unterwäsche trug.

„Komm." Er nahm meine Hand und führte mich hoch zu seinem Zimmer. Mitten im Raum ließ er meine Hand los und ging zu seinem Kleiderschrank und gab mir eines seiner
T-Shirts. Ich lächelte und zog es über. Es roch frisch gewaschen und es roch nach ihm. Ich würde es nie wieder ausziehen wollen.

„Eierkuchen?"

„Oh ja, ich habe einen Bärenhunger." Er hielt mir die Tür auf und als ich an ihm vorbei ging, haute er mir auf den Po. Ich drehte meinem Kopf zu ihm und grinste. Er grinste frech zurück.

Ich deckte den Tisch und Tobi bereitete alles andere zu.

Nach dem Frühstück zog ich mich an und packte meine Sachen und ging wieder runter. Tobi stand schon im Flur und wartete auf mich.

„Wir sehen uns wieder?"

„Wehe, wenn nicht."

Er umarmte mich fest und gab mir einen Kuss auf die Stirn. Ich würde ihn unheimlich vermissen. Ich löste mich aus der Umarmung und machte mich auf den Weg zum Bahnhof, bevor ich noch anfangen würde zu weinen.

Die Rückfahrt war ich die ganze Zeit wach und dachte an Tobi. Ich kam mir so kindisch vor.

Mein Vater holte mich vom Bahnhof ab. Ich hatte Tobi versprochen, ihm zu schreiben, wenn ich angekommen bin.

Ich bin angekommen und sitze schon im Auto auf dem Weg nach Hause.
Fay

Es war, als wartete Tobi vor seinem Handy, denn keine Minute später kam eine Antwort.

Okay gut, ich hoffe, die Fahrt war okay.

...ich vermisse dich schon...
Tobi

MeinHerz fing an zu klopfen. Und ich musste lächeln.

Ja die Fahrt war okay.
Ich vermisse dich auch!
Fay

Ich sperrte mein Handy und packte es zurück in meine Tasche.

„Ich nehme an, Tobi geht es gut, so wie du dein Handy angrinst."

Mein Vater schaute lächelnd zu mir.

„Ja es geht ihm soweit gut."

„Also Liam ist jetzt durch und du und Tobi?"

Dass mein Vater immer so neugierig sein musste. Ich lächelte ihn an und antworte ihm.

„Ja, Liam und ich haben uns ausgesprochen und er hat mir erzählt, dass er Gefühle für Claire entwickelt hat. Und da ich welche für Tobi habe, war das okay für uns."

Er nickte und gab sich damit zufrieden.

„Danke, dass du mich abgeholt hast, ich geh jetzt ins Bett, ja?!" „Gerne, mein Spatz." Er nahm mich in den Arm und ich fragte mich, wann er mich das letzte Mal *Spatz* genannt hatte.

Ich schminkte mich ab und zog mich um. Ich legte mich in mein Bett und fühlte mich so einsam. Ich ließ die letzten Wochen Revue passieren. Ich musste mich bei Claire melden. Ich hatte das mit Liam geklärt und ich wollte Claire nicht verlieren.

Ich nahm mein Handy und rief sie an. Es klingelte nur drei Mal, dann ging sie ran.

„Fay?!" Sie hörte sich erschöpft an. „Es tut mir leid. Ich will dich nicht verlieren und ich freue mich wirklich für dich und Liam. Ich habe mit ihm geredet und es ist alles gut. Bitte verzeih mir."

„Du bist doch doof. Du bittest mich um Verzeihung? Ich müsste mich bei dir auf Knien entschuldigen. Ich habe mit Liam geschlafen und es dir nicht gleich gesagt. Also hör auf." „Also ist alles okay zwischen uns?"

„Aber sowas von. Erzählst du mir dann auch bald mal von Tobi?" Ich lachte.

„Liam ist ja schlimmer als jede Frau."

„Oh ja."

„Ja, ich werde dir alles erzählen, aber nicht heute, es ist spät. Du hörst dich müde an."

„Ja, bin ich auch. Danke, dass du mir verzeihst. Bis morgen." Sie beendete das Gespräch und ich legte mein Handy weg. Ich hatte gerade die Augen geschlossen, als mein Handy vibrierte. Ich stöhnte auf. Ich wollte endlich schlafen.

Gute Nacht ♥

Ich tippte lächelnd meine Antwort ein.

Gute Nacht ♥

Am nächsten Morgen, es war Samstag, verabredete ich mich mit Claire zum Frühstück. Wir trafen uns bei unserem Lieblingscafé. Claire wartete bereits, als ich ankam.

„Hey", sagte Claire und lächelte vorsichtig. Sie schien immer noch verunsichert zu sein wegen der Sache mit Liam.

„Hi", antwortete ich und zog sie in eine Umarmung, die sie, ohne zu zögern, erwiderte. Zusammen gingen wir rein und setzten uns.

„Ich platze vor Neugierde. Erzählst du mir endlich von Tobi?" Ich grinste, da war sie wieder. Die alte neugierige Claire. Ich nickte.

„Was willst du wissen?"

„Alles", antwortete sie wie aus der Pistole geschossen.

„Uff. Alles? Dann muss ich dir aber auch von Liam und mir erzählen."

Ich machte eine Pause und musste überlegen, wie ich am besten anfangen sollte.

Die Kellnerin kam, nahm unsere Bestellung auf und verschaffte mir so noch ein paar Sekunden Zeit zum Überlegen.

„Ich weiß nicht, ob Liam dir das von damals erzählt hat, was passiert ist?"

„Nein, er meinte, das solltest du mir erzählen, das wäre nicht sein Recht."

Ich war erstaunt und rechnete ihm das hoch an, dass er dazu geschwiegen hatte.

„Ich war damals schwanger."

Ich hörte, wie Claire die Luft scharf einzog. Auch ihr Blick verriet mir, dass sie damit nicht gerechnet hatte.

„Aber?" Ich merkte, wie sich Tränen in meinen Augen sammelten und ich versuchte, sie krampfhaft wegzublinzeln; dennoch rollten zwei Tränen meine Wange hinunter. Claire legte ihre Hand auf meine.

„Wie?"

„Wir wurden damals in einen Unfall verwickelt. Ein Auto fuhr in meine Seite."

Meine Stimme zitterte und Claires Griff wurde fester um meine Hand.

„Und nachdem ich es Liam gesagt hatte, ließ er mich danach einfach sitzen, er hat sich nicht mehr gemeldet und ist untergetaucht. Ich hab' seitdem nichts mehr von ihm gehört, bis zu dem Zeitpunkt, als er vor mir stand."

Sie schaute mich mit riesigen Augen an.

„Nicht sein Ernst."

Ich sah die Fassungslosigkeit in ihrem Blick.

„Wir waren beide zu jung und völlig überfordert. Er ist damit halt anders umgegangen als ich."

„Du kannst ihn doch jetzt nicht in Schutz nehmen."

„Doch Claire, das kann ich. Wir haben geredet und ich hab' mit der Sache abgeschlossen."

So gut es ging zumindest. Ich sah ihr an, dass ihr die Antwort nicht passte.

„Als Liam hier aufgetaucht ist, kam alles von damals wieder hoch. Ich fühlte mich wieder wie im Krankenhaus, als ich erfahren habe, dass ich das Baby verloren hatte und ich fühlte mich wieder so verlassen und verletzt, weil er mich damals einfach mit allem allein gelassen hatte. Ich verstand nicht, warum er auf einmal da war und ich wollte es aber auch nicht wissen.

Ich wollte meinen Kopf frei bekommen. An was anderes denken."

„Und dann fährst du dahin, wo alles angefangen hat?"
Die Ironie in ihrer Stimme war nicht zu überhören.

„Ja, ich muss zugeben, das war nicht die schlaueste Idee gewesen. Aber ich wusste nicht, wohin sonst. Hier wart ihr ja alle und ich wollte nur für mich sein. Statt dessen ich hab' ja dann Tobi kennengelernt."

Ich lächelte bei dem Gedanken an ihn.

„Sieht er gut aus?"

Ich musste grinsend den Kopf schütteln. Typisch Claire.

„Ja er sieht verdammt gut aus."

„Wo habt ihr euch denn getroffen?"

„Da mein Plan nicht ganz lückenlos war, brauchte ich was, wo ich schlafen konnte. Ich wollte bei der Polizei nach Hotels oder so fragen und dann stand er da und hielt mir die Tür auf."

„Ihr habt euch bei der Polizei kennengelernt? Sicher, dass er einer von den Guten ist und nicht doch was Kriminelles an sich hat?" Sie lachte.

„Nein keine Sorge, er wollte Liam als vermisst melden, wie sich später rausstellte."

„Liam? Woher kennen die sich denn jetzt auf einmal?"

„Hat dir Liam denn gar nichts erzählt?" Ich schaute sie verwirrt an. Ich war der Meinung, dass es das Erste gewesen wäre, als er wieder bei ihr war.

„Das habe ich mich auch gefragt. Sie sind sehr gute Freunde. Wie ich dann rausgefunden habe."

Sie schaute mich erstaunt an.

„Okay, und dann?"

„Wir sind einen Kaffee trinken gegangen und haben geredet. Wir haben festgestellt, dass wir beide auf der gleichen Grundschule waren und haben uns gleich noch besser verstanden. Er hat mir dann angeboten, dass ich bei ihm im Haus schlafen kann, er hätte wohl noch viel Platz."

„Hat man dir nie beigebracht, dass man mit Fremden nicht mitgeht?"

Ich suchte in ihrer Stimme und ihrem Gesicht nach einer Spur Ironie, aber sie meinte es ernst. Und sie hatte recht.

„Ja, ich weiß und ich hatte auch ein doofes Gefühl, als ich mit ihm mit bin, aber anderseits hab' ich gemerkt, dass das zwischen uns passt, als würden wir uns schon kennen."

Sie nickte.

„Ich merkte, dass er traurig war und diese Traurigkeit ihn auffraß, so wie es damals bei mir war. Es dauerte etwas, aber er öffnete sich mir und erzählte mir von seiner Ex-Freundin, die er heiraten wollte, die dann schwanger bei einem Autounfall starb und ich konnte fühlen, wie er sich fühlte. Ich erzählte ihm von meiner Mutter und wie ich damit umgehe. Wir haben zusammen gekocht und haben trotzdem viel gelacht und dann führte halt eins zum anderen."

„Gefühle sind was Seltsames."

„Oh ja."

„Und wieso warst du jetzt neulich nochmal da?"

„Tobi hatte einen Autounfall und Mary rief mich an und bat mich, zu kommen."

„Wer ist denn jetzt Mary?"

„Meine beste Freundin dort damals. Sie kannte Lexy, Tobis Ex. Und ihr hatte ich erzählt, was zwischen Tobi und mir vorgefallen war, deswegen rief sie mich an."

Wir schwiegen beide und ich merkte, wie sie verarbeitete, was ich ihr gerade erzählt hatte.

„Gott ist das ein Chaos. Und wie soll das jetzt zwischen euch weitergehen? Wenn du hier bist und er dort?"

Die Frage hatte ich mir schon so oft gestellt und so oft alles Mögliche an Szenarien durchgespielt, aber ich hatte einfach keine passende Lösung gefunden. Ich schaute auf meine Hände.

„Ich weiß es nicht. Ich weiß es wirklich nicht. Wahrscheinlich gar nicht. Wer weiß, ob wir uns überhaupt jemals wiedersehen." Sie legte mir aufmunternd eine Hand auf meine.

„Ich bin mir sicher, ihr findet einen Weg. Ich glaube, er empfindet genauso viel wie du für ihn, so wie es sich angehört hat."

Wir tranken bereits unseren zweiten Kaffee aus und zahlten dann.

„Willst du noch mit zu mir kommen?", fragte ich Claire.

„Naja, ich hab' mich mit Liam verabredet. Ist das okay, wenn wir das verschieben?"

Ich merkte, dass es ihr immer noch unangenehm war, mir zu erzählen, dass sie sich mit Liam traf. Ich lächelte und nickte. „Klar, dann ein Andermal. Grüß schön und viel Spaß."

Mir war gar nicht klar, dass er bereits wieder zurück war. Ich dachte automatisch an Tobi. Ich kramte mein Handy aus der Tasche und ging auf seinen Kontakt. Einerseits würde ich seine Stimme gerne hören, aber wahrscheinlich war das zu aufdringlich, also wählte ich den Chat mit ihm aus und schrieb ihm:

Hey, wie geht's dir? Was machst du so?

Ich sperrte das Handy und machte mich auf den Weg nach Hause.

„Hey, du bist ja schon zurück, war es nett mit Claire?", fragte mich mein Vater, als ich mich zu ihm ins Wohnzimmer setzte.

Wobei das Wort *schon* etwas falsch war, denn ich hatte tatsächlich mehr als drei Stunden mit Claire gequatscht.

„Ja und Ja." Ich lächelte ihn an.

Ich antwortete nur knapp, da ich nicht wusste, was ich sonst sagen sollte. Er nickte, schaute wieder in seine Zeitung und nahm meine Antwort so hin. So verliefen die meisten Gespräche, seit dem Tod meiner Mutter.

Es tat vorhin so gut, die Sache mit Claire aus der Welt geschafft zu haben. Vielleicht konnte ich auch mit meinem Vater etwas Klarheit schaffen.

„Was ist bei uns schiefgelaufen?"

„Mhh?"

Er schaute von seiner Zeitung auf und sah mich mit verwundertem Blick an.

„Ich meine, dass wir seit Jahren nicht mehr richtig miteinander geredet haben. Also was ist bei uns schiefgelaufen, seit…" „Seit dem Tod deiner Mutter?"

Er sprach das aus, was ich mich ihm gegenüber nicht traute. Ich hatte immer zu große Sorge, ihn damit zu verletzen.

Ich nickte.

„Wir haben nie über ihren Tod oder generell über sie geredet.", erwiderte ich.

„Ich weiß. Ich hatte gehofft, dass es so für dich besser wäre." „So zu tun, als ob sie nie da gewesen wäre?"

„Nein, so meinte ich das nicht."

„Wie denn sonst?" Mein Tonfall verriet meinem Vater, dass ich aufgebracht wurde. Er wusste keine Antwort, das sah ich ihm an, deswegen fuhr ich fort.

„Ich hätte es gebraucht, über sie zu reden. Zu merken, dass du mit mir trauerst. Aber stattdessen hast du mich mit der Trauer und dem Schmerz allein gelassen. Ich musste ganz alleine lernen, damit klar zu kommen. Das war nicht fair und ist es immer noch nicht"

„Moment mal. Glaubst du, für mich war ihr Tod einfach? Glaubst du, ich hätte das einfach so hingenommen und hätte einfach weitergelebt?"

Ich hörte, wie er sich von mir angegriffen fühlte und ich merkte selbst, dass ich ihm gegenüber nicht ganz fair war. Er hatte schließlich seine Ex-Frau verloren. Auch wenn sie getrennt gewesen waren, wusste ich, dass da immer noch mehr gewesen war, als sie damals zugegeben hatten.

„Weißt du eigentlich, wie es ist, auf einmal mit einem kleinen Kind allein dazustehen? Niemanden um Rat fragen zu können? Und dann bei sämtlichen schwierigen Phasen von dir dazustehen und nicht zu wissen, was man machen soll? Wie oft habe ich mir gewünscht, sie wäre da, um dir beizustehen? Denkst du, mir fiel das leicht?"

Ich sah, wie er anfing zu weinen. So hatte ich das alles nie betrachtet und ich merkte, dass er viel mehr damit zu kämpfen hatte, als ich dachte. Ich setzte mich neben ihn und nahm ihn fest in den Arm.

„Es tut mir leid, dass ich es dir so oft so schwer gemacht habe." Ich merkte, wie bei mir ein schlechtes Gewissen aufkam, als ich daran dachte, wie schwierig ich manchmal war.

„Nein." Er drückte mich sanft von sich.

„Du sollst dich nicht für dich entschuldigen. Du bist du und so bist du toll. Dafür, dass du schon so einiges mitmachen musstest, bist du eine großartige, starke junge Frau geworden und ich bin unendlich stolz auf dich."

Ich war sprachlos. Es war das erste Mal, dass er mir sagte, dass er stolz auf mich war und ich merkte, wie sehr ich das gebraucht hatte, mal von ihm zu hören.

„Es tut *mir* leid, dass ich nicht so für dich da war, wie du es gebraucht hättest."

Ich schüttelte den Kopf. Meine Augen füllten sich mit Tränen. „Wir hätten einfach mal reden sollen. Lass uns das in Zukunft bitte öfters machen."

„Ja, unbedingt. Fangen wir doch gleich mal damit an. Wie war's mit Claire?"

Ich musste grinsen. Er wischte sich die Augen trocken und auch ich versuchte, meine Tränen wegzublinzeln.

„Gut, wir haben uns ausgesprochen und ich habe ihr von Tobi erzählt. Ich merke, wie sie noch ein Problem damit hat, mit mir über Liam zu reden, aber ich denke, das kommt mit der Zeit."

„Hast du denn ein Problem mit den beiden oder ist das jetzt wirklich völlig okay für dich?"

„Das habe ich mich auch immer wieder gefragt, aber es ist wirklich okay für mich. Tobi hat mir gezeigt wie es ist, wenn jemand da ist, der dich versteht und dich in schwierigen Zeiten nicht allein lässt. Auch wenn es hart klingt, aber Liam war nie der richtige für mich und es ist trotz Allem gut, wie es gekommen ist."

Es fühlte sich toll an, mit meinem Vater so offen reden zu können,

„Das freut mich, dass du so im Reinen mit dir und Liam bist."

Ich setzte mich zu meinem Vater auf die Couch und las ein Buch, während er seine Zeitung weiterlas.

„Sag mal, wie geht's dir denn?" Mein Vater sah mich verwirrt an. Also schob ich noch hinterher: „So alleine. Mit mir. Generell." Ich wusste selber nicht so genau, was ich von ihm hören wollte, aber ich hatte das Bedürfnis, ihn zu fragen.

Ein Lächeln breitete sich in seinem Gesicht aus.

„Es ist schwer, aber ich bin glücklich. Und ich habe dich. Ich bin nicht allein. Niemals." Er drückte meinen Oberschenkel, als müsste er mich aufmuntern. Ich wusste, dass er die Wahrheit sagte und doch war mir klar, dass er sehr wohl auch allein war. Ich nickte und wusste nichts mehr dazu zu sagen.

Der Alltag kehrte wieder ein. Ich ging zur Schule, machte nachmittags Hausaufgaben und lernte so gut es ging. Ich musste oft an Tobi denken, was das Lernen und konzentrieren in der Schule erschwerte. Ich traf mich auch oft mit Claire. Liam war jetzt hergezogen. Netterweise hatten mich beide um Erlaubnis gefragt, was natürlich nicht nötig gewesen wäre; ich fand es aber trotzdem sehr aufmerksam.

Am Anfang war das alles noch etwas komisch, aber mittlerweile fand ich unser Verhältnis toll. Wir wurden alle gute Freunde, wie eine eigene kleine Clique, und auch das zwischen Claire und Liam entwickelte sich immer besser.

Sie waren schon fast süß zusammen.

Mit Tobi hatte ich weiterhin viel Kontakt. Wir schrieben oft und telefonierten täglich.

Wir überlegten, wie wir das mit uns hinbekommen könnten, denn ich hatte hier bereits einen tollen Studiengang gefunden, den ich gerne machen würde, allerdings würde ich demnach auch hier in Berlin bleiben müssen. Wir fanden einfach keine passende Lösung.

Somit blieb alles so, wie es war. Ich hatte ihm vorgeschlagen, dass er doch seinen Job auch hier in Berlin machen könnte, aber er fühlte sich verpflichtet, in der Firma seiner Eltern weiter zu arbeiten, weil sie selber wenig vor Ort im Firmensitz in Österreich waren, um die Firma in Deutschland auszubauen. Er versprach aber, bald mal her zu kommen.

Ich wollte, dass mein Vater ihn kennenlernte. Mir war wichtig, dass die beiden sich verstanden. Aber wer möchte das nicht, dass die eigenen Eltern den Freund nett finden.

Aber je mehr wir uns dem Jahresende näherten, desto weniger Kontakt hatte ich zu Tobi. Ich hatte es erst gar nicht bemerkt. Oder vielleicht auch nicht bemerken wollen, aber feststand: Er zog sich zurück.

Ich redete mir ein, dass er sicherlich auch mit der Firma seiner Eltern viel zu tun hatte, dass er viel arbeiten musste.

Aber der Gedanke verschwand einfach nicht, dass es sehr wohl was mit mir zu tun hatte.

Und dieser Gedanke schmerzte so unheimlich, dass ich ihn immer sofort wieder verbannte, sobald er aufkam. Ich wollte mir nicht eingestehen, dass wir von vornherein zum Scheitern verurteilt gewesen waren.

Ich nutzte die weihnachtliche Zeit, um mich abzulenken und meinem Vater wieder näher zu kommen. Wir gingen zusammen auf Weihnachtsmärkte oder gingen gemeinsam spazieren oder backten sogar Plätzchen zusammen, wobei die Plätzchen erst beim dritten Versuch gelangen. Die Male davor waren sie immer verbrannt. Backen und kochen lag definitiv nicht in unserer Familie. Aber wir hatten eine Menge Spaß und das war viel besser als die Plätzchen selbst.

„Also gehen wir heute einen Weihnachtsbaum kaufen?", fragte ich meinen Vater beim Frühstück am 3. Advent.

„Ja, sonst bekommen wir wirklich keinen mehr. Ich denke, dass es jetzt sowieso schon schwer wird, einen schönen zu finden." Ich nickte.

„Wollen wir dann direkt los, oder wie sind deine Pläne heute?"

Er biss noch einmal vom Brötchen ab und schaute mich dann abwartend an.

Ich kaute zu Ende und schluckte meinen Bissen runter.

„Claire fragte mich, ob ich nachher noch vorbeikomme. Liam ist wohl auch da und sie wollen einen Filmenachmittag beziehungsweise einen Filmeabend machen. Aber das passt ja, wenn wir davor den Baum holen."

„Gut. Wann wärst du dann wieder zuhause?"

„Das weiß ich noch nicht, könnte spät werden."

Kaum hatte ich es ausgesprochen, merkte ich selbst meinen Fehler.

„Wäre es okay, wenn es etwas später wird?", fragte ich stattdessen und ich sah ein Lächeln auf dem Gesicht von meinem Vater. Wir arbeiteten seit Wochen an unserer Kommunikation. Wir strengten uns beide echt an und die meiste Zeit klappte es auch ganz gut. Natürlich verfielen wir beide oft zurück in alte Muster, aber wir erinnerten uns gegenseitig daran und dann bekamen wir auch das hin.

„Ja, das ist okay."

„Danke."

„Aber falls es so spät wird, dass du nicht mehr nach Hause kommst, schreib mir doch bitte eine Nachricht, damit ich weiß, wo du bist, okay?"

Ich nickte.

Ich war in den vergangenen Monaten durch Tobi und Liam so oft ohne Ankündigung einfach weg gewesen und hab ihm nie richtig gesagt wo ich bin, dass wir ausgemacht hatten, dass ich mich regelmäßig melden würde, falls sowas wieder vorkommen würde.

„Klar, wird gemacht." Ich lächelte ihn an und wir frühstückten in Ruhe zu Ende, ehe wir uns aufmachten, um einen Weihnachtsbaum zu suchen.

„Und habt ihr einen schönen Baum gefunden?", fragte Liam mich, als ich mich auf sein Sofa fallen ließ. Claire schrieb mir, kurz bevor wir uns trafen, dass sie den Filmeabend zu Liam verlegt hätten. Ihrer Mutter ginge es wohl nicht so gut, weshalb wir jetzt hier waren.

Das war aber okay, er hatte wesentlich mehr Platz als Claire in ihrem Zimmer. Und definitiv die gemütlicheren Möbel. Er teilte sich seit neuestem zwar die Wohnung mit einem Mitbewohner, aber der fiel gar nicht auf. Ich wusste auch gar nicht, ob er grade überhaupt zu Hause war.

Sachen von ihm lagen hier im Wohnzimmer jedenfalls nicht rum.

„Naja, schön ist Ansichtssache. Meinem Vater gefällt er total, ich finde ihn eher semi-schön.", antwortete ich auf Liams Frage. Liam lachte und ich grinste.

Claire war jetzt auch zu uns gestoßen. Sie hatte die Getränke übernommen und war noch zum Supermarkt gelaufen, um sie zu kaufen.

Mir fiel ein, dass ich meinem Vater noch nicht geschrieben hatte, dass sich der Plan geändert hatte und ich nun bei Liam war.

„Ich muss meinem Vater mal kurz schrieben. Ihr könnt ja schon eine Vorauswahl treffen, was wir gleich gucken könnten."

Ich stand auf und ging in den Flur, wo meine Tasche auf dem Boden stand. Als ich meine Tasche öffnete, um mein Handy heraus zu holen, fiel mein Blick auf ein paar Sportschuhe. Liam gehörten sie nicht. Die waren ihm eindeutig zu klein.

Die mussten von seinem Mitbewohner sein. Den Schuhen nach zu urteilen hatte er definitiv Geschmack.

Ich ging zurück ins Wohnzimmer.

„Sag mal, dein Mitbewohner, ist der eigentlich hier? Es ist so still." Mit dem Satz unterbrach ich die beiden gerade in ihrem Geturtel. Sie schauten sich für ein paar Sekunden an, bevor Liam antwortete.

„Nee, der ist noch nicht richtig hier eingezogen, der ist noch in seiner Heimat und muss noch ein paar Sachen organisieren. Der zieht erst nächste Woche hier ein, glaube ich. Mal gucken."

Ich nickte und sah, wie er Claire heimlich angrinste. Er versuchte es zumindest heimlich zu tun, aber ich bekam es trotzdem mit und verstand es nicht.

„So, welche Filme stehen zur Auswahl?", fragte ich, um die Stille, die entstanden war, zu durchbrechen.

Sie zeigten mir, welche sie gerne schauen würden und nach ewigen Hin und Her entschieden wir uns für einen.

Während wir ihn sahen, waren wir alle nicht begeistert. Er war schlecht gemacht und die Effekte

145

wirkten ziemlich unrealistisch und weit hergeholt. Wir entschieden uns, danach noch einen zu schauen, in der Hoffnung, dass dieser besser sein würde. Tatsächlich war er besser. Liam und Claire fanden ihn total klasse. Ich hatte damals im Kino die Vorschau schon gesehen und da stand für mich schon fest, dass er mir nicht gefallen würde. Ich hatte recht. Ich fand ihn echt nicht gut.

„Können wir noch was zum Lachen gucken? Eine Komödie oder so?", fragte ich, weil ich gerne mal wieder was gesehen hätte, was lustig ist. Wo kein Blut fließt oder jemand stirbt. „Klar, schwebt dir ein bestimmter Film vor, oder willst du mal gucken, was es hier so gibt?" Ich nahm die Fernbedienung und suchte die Internetplattform nach einem Film ab.

Ich wurde fündig.

„Den will ich gucken. Seid ihr einverstanden?"

Beide nickten, also drückte ich auf Starten.

Es tat gut, wieder so ausgelassen zu lachen.

Es fühlte sich an, als hätte ich das seit Ewigkeiten nicht mehr gemacht.

Als der Film zu Ende war und ich auf die Uhr schaute, war es schon weit nach Mitternacht. Ich überlegte, ob ich jetzt noch nach Hause gehen oder Liam fragen sollte, ob ich hier schlafen könnte.

Ich entschied mich für Letzteres.

„Kann ich hier schlafen? Es ist schon so spät."

Er sah zu Claire und diese schüttelte kaum merklich den Kopf. Ich runzelte die Stirn. Langsam kamen mir die beiden komisch vor.

„Du, das ist ganz schlecht. Morgen früh... da... wollten meine Eltern kommen.", beendete er den Satz nach mehrmaligem Stocken. Er log. Und er war nervös. Nur wieso? Das wusste ich nicht.

„Okay, dann mach ich mich mal auf den Weg. Danke für den netten Abend."

Ein bisschen eingeschnappt war ich schon. Trotzdem umarmte ich die beiden zum Abschied und nutzte die Gelegenheit, Claire etwas ins Ohr zu flüstern: „Was ist hier los?"

Sie löste die Umarmung und grinste mich an.

„Schön, dass du hier warst, komm gut nach Hause und schreib, wenn du heil angekommen bist."

Ich konnte es nicht fassen, sie ignorierte meine Frage vollkommen. Somit war klar, die beiden verheimlichten mir etwas.

Liam schob mich sanft zur Tür. Claire hatte mir die Tür bereits geöffnet. Ich wollte mich gerade nochmal umdrehen, um Tschüss zu sagen, da hatte Liam die Tür bereits geschlossen. Völlig verwirrt stand ich vor seiner Wohnungstür. Ich versuchte, nicht weiter drüber nachzudenken und machte mich auf den Weg nach Hause.

Zum Glück wohnte Liam nur zehn Minuten zu Fuß von mir entfernt. Ich musste auf dem Weg immer wieder daran denken, was da zwischen Claire und Liam war und dass sie etwas vor mir verheimlichten. War Claire vielleicht der Mitbewohner, also die Mitbewohenerin? Sind sie etwa zusammengezogen? Aber die Schuhe im Flur waren eindeutig Männerschuhe. Vielleicht einfach nur neue von Liam. Vielleicht kamen sie mir nur so klein vor. Ja so musste es sein. Die beiden wollten wahrscheinlich einfach noch nicht, dass das schon jemand erfuhr, dass sie zusammen wohnten. Deswegen fand der Filmeabend auch bei Liam statt. Das beruhigte mich. Jetzt machte alles Sinn.

Ich öffnete so leise es ging die Haustür.

Ich zog meine Schuhe und meine Jacke aus und ging nach oben. Vor dem Schlafzimmer meines Vaters blieb ich stehen und horchte, ob er schlief oder ob ich ihn geweckt hatte.

Ich hörte, wie er gleichmäßig atmete und zwischendrin schnarchte. Ich ging weiter zu meinem Zimmer und schloss die Tür hinter mir.

Ich legte mich auf mein Bett und dachte nach. Über Claire und Liam, wie süß die beiden zusammen waren, und dann dachte ich an Tobi. Da fiel mir ein, ich hatte ein paar Tage wieder gar nichts von ihm gehört. Ich nahm mein Handy und öffnete den Chat mit ihm. Ich hatte das letzte Mal vorgestern mit ihm geschrieben.

„Hey. Ich hab' „lange" nichts mehr von dir gehört. Ist alles okay?"

Ich drückte auf Senden. Da er höchstwahrscheinlich schon schlief, legte ich das Handy wieder weg und machte mich fürs Bett fertig. Ich zog mich um und ging dann ins Bad. Ich schminkte mich ab und flocht mir einen Zopf zum Schlafen.

Mit gemischten Gefühlen legte ich mich ins Bett. Ich schaute noch einmal auf mein Handy, bevor ich das Licht ausmachte und versuchte einzuschlafen.

Es war eine sehr unruhige Nacht, ich wachte mehrmals aus Albträumen auf, wälzte mich von links nach rechts und wusste nicht so recht, wie ich liegen sollte.

Ich schaute immer wieder auf die Uhr, und um sechs Uhr morgens gab ich es auf und stand auf. Ich ging ins Bad, schaute in den Spiegel und sah die Nacht unter meinen Augen. Ich wusch mir mein Gesicht und schminkte mich. Ich dachte darüber nach, was ich heute wohl machen könnte, denn einen Plan hatte ich noch nicht.

Zurück in meinem Zimmer schnappte ich mir mein Handy und schrieb Claire eine Nachricht:

Hey, was steht bei dir heute an? Lust was zu machen? F.

Ich schmiss es auf mein Bett, ging zu meinem Kleiderschrank und suchte etwas zum Anziehen. Ich kramte eine Jeans und ein graues Top raus. Ich zog mir noch eine Strickjacke drüber.

Ich beschloss, meinem Vater eine Freude zu machen und so ging ich los, um Brötchen zu holen. Mein Vater stand üblicherweise nicht vor acht auf.

Als ich zurück war, ging ich in die Küche und bereitete den Rest vor.

Ich holte die Teller aus dem Schrank, Tassen und Gläser, legte Belag auf Teller und kochte sogar schon

Kaffee. Und als hätte mein Vater hellsehen können, stand er pünktlich im Türrahmen, als der Kaffee fertig war.

„Wer bist du und was hast du mit meiner Tochter gemacht?" Er grinste und kam auf mich zu. Er gab mir einen Kuss auf den Kopf.

„Mh, riecht das lecker. Womit habe ich das denn verdient?"

Es war Jahre her, dass ich Frühstück gemacht hatte.

„Ich war heute früh wach und da dachte ich mir, ich könnte dir mal was Gutes tun." Er setzte sich an unseren Esstisch und ich kam mit dem Brötchenkorb und der Kaffeekanne hinterher.

Er nahm sich ein Brötchen, noch bevor ich den Korb abgestellt hatte.

„Und wie läuft es mit Tobi?" Er schaute zu mir hoch und ich sah, wie er mich mit seinem Blick fragte, ob er sich danach erkundigen durfte.

„Naja, ich höre grad nicht so richtig viel von ihm. Er hat wohl ziemlich viel zu tun."

Es versetzte mir einen Stich, als ich das sagte. Ich hasste es, dass ich nichts von ihm hörte. Ich gab mir Mühe, gelassen zu klingen, obwohl ich alles andere als gelassen war.

„Liam kennt ihn doch. Vielleicht weiß er ja, was los ist. Hast du ihn denn mal gefragt?"

„Nein, auf die Idee bin ich noch nicht gekommen." Es hätte auch ironisch rüberkommen können, aber ich meinte es ernst. Ich hatte Liam tatsächlich noch nicht gefragt.

„Papa?"

„Mh?"

„Claire hatte gefragt, ob ich Weihnachten ein paar Stunden rüberkommen kann, vielleicht, nachdem wir hier fertig sind?" Ich machte mit den Händen bei dem Wort *fertig* Anführungszeichen, denn es klang so doof. Als ob Weihnachten mit meinem Vater ein Termin wäre, den ich nur schnell hinter mich bringen wollte. Ich sah ihm an, dass er nicht besonders begeistert war, aber er wusste auch, dass ich froh war, dass das mit Claire wieder gut lief.

„Ja, wäre denn so gegen zehn oder elf Uhr abends okay? Weil ich meine, wir bekommen ja Besuch und wollten ja zusammen Essen und dann Geschenke auspacken und so weiter." Ich lächelte ihn an. „Klar Papa, elf ist völlig okay."

Nach dem Frühstück half ich noch beim Abräumen und schnappte mir dann mein Handy. Ich hoffte, dass Tobi mir mittlerweile geantwortet hätte, aber leider Fehlanzeige. Also wählte ich Liams Nummer. Es hatte nur einmal geklingelt, als ich wieder auflegte. Er war das letzte Mal so seltsam, dass ich beschloss, direkt bei ihm vorbei zu gehen und das persönlich zu klären. So könnte ich es erkennen, falls er mich wieder anlog.

Ich nahm mein Fahrrad und war nach kurzer Zeit schon bei ihm vor der Tür.

An der Ecke sah ich ein Cabrio stehen. Ähnlich wie Tobis. Mein Herz sprang im Dreieck. War er vielleicht hier, um mich zu überraschen? Aber dann landete ich wieder auf dem Boden der Tatsachen. Das Auto hatte ein Berliner Kennzeichen. Kein Tobi.

Das Auto erinnerte mich schmerzhaft daran, dass ich ihn wirklich vermisste. Ich stellte das Rad an die Hauswand und klingelte.

„Ja?!", ertönte es aus der Freisprechanlage. „Ich bin's Fay, kann ich kurz reinkommen? Ich hab' 'ne Frage."
Kurze Pause. „Ähm ne du, ist grad schlecht. Mein Mitbewohner zieht gerade ein und hier ist Chaos pur. Ich komm aber gerne kurz runter, okay?" Ich war etwas skeptisch. Hatte er nicht gesagt, dass seine Eltern vorbeikommen wollten?
Aber Hauptsache, ich konnte mit Liam sprechen.
Ich hörte, wie er die Stufen runterkam und die Tür öffnete.
„Hi, was gibt's?" Er war völlig außer Puste. Ich schaute ihn verwirrt an. Ich schüttelte dennoch nur den Kopf.
„Sag mal, ich erreiche Tobi nicht und er reagiert nicht auf Nachrichten. Weißt du, was mit ihm ist? Geht's ihm gut?"
Er schaute mich entgeistert an. Ich überlegte kurz, ob er verstanden hatte, was ich gerade gesagt hatte.
„Deswegen bist du hier? Hättest du nicht anrufen können?" Sein Ton war forsch und unfreundlich. So kannte ich ihn nicht und ich verstand nicht, wieso er so reagierte.
„Ähm, tut mir leid? Ich wollte es lieber persönlich hören, falls Tobi nichts mehr von mir wissen will und er nur zu feige ist, mir das zu sagen."
Sein Blick wurde weich.

„Tut mir leid, dass ich dich eben so angefahren habe. Ich steh echt grad im Stress. Ich habe selber lange keine Nachricht mehr von Tobi bekommen. Aber ich bezweifle, dass er das Interesse an dir verloren hat. Der ist echt hin und weg von dir."

„Ihr habt über mich geredet?"

Er schaute sich ertappt auf die Hände.

„Ja ein wenig, beziehungsweise er mehr, ich weniger, deswegen weiß ich ja, dass er völlig verrückt nach dir ist."

Ich musste grinsen. Er hatte mit Liam über mich geredet, das konnte doch nur bedeuten, dass ich ihm wirklich was bedeutete. Ich konnte gar nicht mehr aufhören zu grinsen.

„Ja, also, deswegen mach dir keine Sorgen. Ich muss jetzt aber wieder rein, weiter aufräumen. Sei mir nicht böse. Das nächste Mal ruf einfach vorher an, dann hab' ich mehr Zeit für dich." Ohne eine Antwort abzuwarten, drehte er sich um und ging wieder rein und ließ mich, immer noch lächelnd, stehen.

Ich holte mein Handy aus meiner Jeans. Ich wählte den Chat mit Tobi. Ich sah, dass er meine Nachricht gelesen hatte, aber natürlich keine Antwort. Ich drückte anrufen und wartete. Das erste Freizeichen ertönte und zeitgleich klingelte ein Handy in Liams Haus. Ich schaute nach oben und sah, dass ein Fenster offen war. Mein Anruf wurde beendet und auch das Klingeln in Liams Wohnung endete. Tobi hatte mich weggedrückt. War Tobi bei Liam, ohne mir Bescheid zu sagen? Das konnte doch kein Zufall sein, dass zeitgleich ein Telefon oben klingelte. Ich drückte die Türklingel von Liam.

Einmal. Zweimal. Dreimal. Er reagierte nicht. Ich wählte seine Nummer, aber er ging nicht ran. Irgendwas stimmte hier definitiv nicht. Aber ich sah ein, dass ich bei Liam nicht weiterkam. Deswegen trat ich den Rückweg nach Hause an und wählte währenddessen Claires Nummer.

„Hallo Fay."
„Hey. Sag mal, was spielt ihr eigentlich für ein Spiel?"

Ich wusste, dass ich sehr schroff und unhöflich klang, aber ich wollte wissen, was los war. Sie brauchte kurz, bevor sie antwortete.

„Ich weiß nicht was du meinst. Was ist passiert? "
„Ich hab' seit Tagen nichts mehr von Tobi gehört, also bin ich zu Liam um zu fragen, ob er was von ihm gehört hat. Als er wieder oben war, habe ich Tobi angerufen und oben bei Liam hats geklingelt."
„Das kann doch auch Zufall sein, dass sein Handy gleichzeitig klingelt. "
„Tobi hat mich weggedrückt und auch das Klingeln hörte genau dann auf. Das kann kein Zufall sein. Ist Tobi vielleicht hier und möchte nicht, dass ich es weiß, weil er mich nicht sehen will?"
„Fay, jetzt hör doch auf. Hab' doch mal etwas Vertrauen. Wieso sollte er hier sein, sich aber nicht bei dir melden? "
„Ich weiß doch auch nicht, aber es wird langsam alles komisch."

*„Hör auf, dir so viele Gedanken zu machen. Er wird
sich sicher bald bei dir melden."*

Ihre Worte trösteten mich nur wenig. Aber ich wusste,
dass es keinen Sinn machte weiter zu diskutieren, sie
würde nicht verstehen, was in mir vorging. Sie hatte ja
schließlich Liam hier bei sich.

„Okay, wenn du das sagst. Dann hoff ich mal, dass du
recht hast."
„Ja. Wenn was ist, meld' dich."
„Okay danke."

Ich legte auf.
Mich verließ einfach nicht das Gefühl, dass Tobi hier
in Berlin war, ohne mir Bescheid zu sagen.
Ich steckte gerade mein Handy weg, als es vibrierte.
Ich schaute drauf und sah, dass ich eine Nachricht hatte.
Von Tobi. Das war jetzt nicht wahr. Claire musste ihre
Finger im Spiel haben.
Ich öffnete die Nachricht:

Hey Fay,
*es tut mir leid, dass ich mich so lange nicht gemeldet
habe. Ich hatte so viel um die Ohren. Ich habe mir einen
neuen Job gesucht und hatte mit Bewerbung,
Vorstellungsgesprächen und Probearbeiten alle Hände
voll zu tun. Aber glaub mir bitte, dass kein Tag verging,
an dem ich nicht an dich gedacht habe. Du fehlst mir*

sehr und ich hoffe, wir können uns bald sehen. Wie geht's dir denn? Ist alles gut?

Mein Herz vibrierte und ich schmolz dahin. Er hatte es geschafft, dass sich mein Ärger und meine Zweifel innerhalb einer Sekunde in Luft auflösten. Seine Nachricht klang so ehrlich und doch fiel es mir so schwer, ihm zu glauben, obwohl ich es gerne getan hätte. Ich schloss das Handy und steckte es weg.

Vielleicht sollte ich ihm später antworten. Vielleicht sollte ich es auch bleiben lassen. Ich dachte wieder an das unklare Verhalten von Liam und Tobi und schon war ich wieder sauer. Auf Claire. Auf Liam. Und vor allem auf Tobi.

Niedergeschlagen ging ich nach Hause. Ende der Woche war Weihnachten und ich verlor die Hoffnung, mehr von Tobi zu hören. Ich gestand mir ein, dass ich sogar gehofft hatte, dass wir Weihnachten irgendwie zusammen verbringen könnten.

Aber auch einen Tag vor Weihnachten herrschte immer noch Funkstille. Nach Weihnachten würde ich ihm schreiben, dass das für mich keinen Sinn mehr machte und ich das, was auch immer zwischen uns war, beendete. Es würde mir so schwerfallen, weil mir wirklich viel an ihm lag, aber so machte ich mich mehr kaputt, als dass es mir gut tat.

Claire und Liam taten immer noch so, als ob sie nichts wüssten. Eine Hilfe waren sie dadurch auch nicht. Ich fühlte mich im Stich gelassen. Von allen. Gut, mein Vater ausgeschlossen.

Mit ihm lief es das erste Mal seit Jahren wieder richtig gut. Aber mit ihm über Tobi reden konnte und wollte ich trotzdem nicht so richtig. Ich kam mir komisch dabei vor.

Mein Vater und ich stellten den Weihnachtsbaum auf und schmückten ihn dann gemeinsam.

„Morgen gehst du abends dann zu Claire und Liam?"

„Ja genau, so wie wir besprochen hatten, oder ist das jetzt ein Problem? Soll ich doch lieber hier bleiben?"

Ich war bereit, auf die beiden zu verzichten. Ich freute mich auch gar nicht auf den Abend. Seit das mit Tobi so seltsam war, war auch die Stimmung zwischen uns dreien angespannt.

„Nein, nein, geh ruhig. Ich wollte nur nochmal wissen, ob ich mir das alles richtig gemerkt habe."

Ich runzelte die Stirn. Mein Vater fragte nie nach, ob er sich was richtig gemerkt hatte. Aber es gab ja bekanntlich immer ein erstes Mal.

„Okay. Ja dann geh ich so gegen dreiundzwanzig Uhr."

„Ach du kannst ruhig auch schon früher gehen." Ich runzelte erneut die Stirn.

„Willst du mich etwa los werden?"

„Nein, nein, aber ich meine, ihr habt euch ja nicht so oft gesehen und da dachte ich, dass es ganz nett wäre, wenn ihr euch dann etwas länger seht." Ich sah ihn an und versuchte auf diese Weise rauszufinden, warum mein Vater sich so seltsam aufführte. Er schmückte unbeirrt weiter den Baum und schaute nicht zu mir rüber. „Okay.", sagte ich. Er verhielt sich seltsam. Ich hatte mitbekommen, dass er öfters mal weg war. Vielleicht hatte er eine Frau kennengelernt, von der er mir aber noch nichts sagen wollte. Vielleicht wollte sie Weihnachten auch kommen, aber mich noch nicht kennenlernen. Wenn das so wäre, würde ich mich sehr für meinen Vater freuen. Also versuchte ich ihn darin zu unterstützen.

„Wann soll ich dann gehen?"

„Sollen nicht, aber wenn du magst, kannst du schon gegen halb zehn oder zehn gehen." Ich machte große Augen.

„So früh? Okay gern." Es war halb gelogen, aber falls er wirklich jemanden neues kennengelernt hatte, war ich bereit, dieses *Opfer* zu bringen. Vielleicht konnte ich dann endlich die Situation mit den beiden klären.

Wir gingen noch zusammen einkaufen und bereiteten alles vor, was wir schon für morgen vorbereiten konnten.

Meine Tante und ihr Mann würden morgen kommen. Ich freute mich sehr. Meine Tante war die Schwester meiner Mutter und sie war das Einzige, was uns von meiner Mutter blieb.

Ich ging abends mit Freude ins Bett. Auch wenn ich kein kleines Kind mehr war und ich bei Weitem nicht mehr so viele Geschenke bekam, war Weihnachten für mich trotzdem etwas Besonderes. Ich mochte die Atmosphäre und das Familiäre. Ich sah meine Tante und ihren Mann nur selten, da sie nicht in Berlin, sondern in Bayern lebten. Und irgendwie war es dann immer so, als ob ein Teil von meiner Mutter bei uns wäre. Ich wusste, dass es meinem Vater genauso ging. Er ließ sich immer fallen, wenn sie da waren. Er sah dann immer glücklich aus. So glücklich wie selten. Und wenn er glücklich war, war ich es auch.

Morgen früh würden die beiden ankommen und wir würden alle gemeinsam frühstücken. Ich beschloss, morgen wieder früh aufzustehen und schon mal alles vorzubereiten. Ich wollte meinem Vater einen Gefallen tun, denn der hatte schon genug um die Ohren.

Er würde sich sicher darüber freuen.

Mein Wecker klingelte um sieben. Auch wenn ich nicht spät ins Bett gegangen war, war ich trotzdem müde und brauchte kurz, um richtig aufzustehen. Ich fühlte mich, als hätte ich nicht geschlafen. Ich seufzte und zwang mich dann aufzustehen.

Ich putzte mir die Zähne und machte mich fertig.

Zurück in meinem Zimmer ging ich zu meinem Kleiderschrank und überlegte, was ich anziehen sollte.

Ich entschied mich für eine schwarze Jeans und ein elegantes blaues Top. Meine Haare ließ ich offen und flocht mir nur eine kleine Strähne vorne, die ich dann nach hinten legte und mit Haarklammern feststeckte.

Ich betrachtete mich im Spiegel und war zufrieden.

In der Küche holte ich mein Handy aus meiner Hosentasche und schaltete meine Musik ein. Ich wirbelte tanzend durch die Küche und zauberte das schönste Frühstück, das ich je vorbereitet hatte. Ich bekam gute Laune und konnte Tobi für einen Moment vergessen. Ich konzentrierte mich auf das Hier und Jetzt. Ich freute mich auf meine Tante.

Ich war so im Vorbereiten versunken, dass ich quietschend zusammenzuckte, als mein Vater mir auf die Schulter tippte.

„Entschuldige, ich wollte dich nicht erschrecken." Ich machte meine Musik aus.

„Das macht nichts. Hast du gut geschlafen?"

„Ja"

Er lächelte mich an, aber ich sah die Augenringe und wusste, dass er mich anlog, so wie schon all die Jahre seit Mamas Tod. Anstatt ihn darauf anzusprechen, lächelte ich einfach nur zurück.

Er wendete sich von mir ab und betrachtete mein Frühstück.

„Wow, da hast du aber was gezaubert. Sieht ja richtig toll aus. Da werden die beiden sich aber freuen."

„Sie müssten doch eigentlich jede Sekunde hier auftauchen, oder?"

Er nickte nur. Er half mir, die letzten Sachen ins Wohnzimmer zu bringen, als es klingelte. Ich rannte wie ein freudiges kleines Mädchen zur Tür und öffnete sie.

„Ahhh Emma!" Ich nahm sie kreischend in den Arm.

„Ach Fay, bist du schon wieder gewachsen? Wir sehen uns viel zu selten." Sie wusste natürlich genauso wie ich, dass ich nicht mehr gewachsen war und trotzdem sagte sie es jedes Mal, wenn wir uns sahen.

Sie schob mich von sich und betrachtete mich.

„Wie erwachsen du auf einmal aussiehst." Ich grinste

„Wäre doch schlimm, wenn ich immer wie ein Kind aussehen würde." Sie nickte zustimmend.

„So darf ich meiner Lieblingsnichte jetzt auch mal Hallo sagen?", mischte sich Daniel, Emmas Mann, ein.

Ich wandte mich von Emma ab und ging auf Daniel zu, der meinen Vater in der Zwischenzeit schon begrüßt hatte.

„Daniel, schön dich zu sehen. War die Fahrt okay?" Er nahm mich fest in den Arm.

„Ja danke. Wie geht's dir denn? Gut siehst du aus."

„Dankeschön, aber kommt doch erstmal rein."

Ich löste die Umarmung und zog beide in den Flur. Mein Vater schloss die Tür.

„Was wollt ihr denn trinken? Soll ich euch Kaffee machen oder lieber einen Tee?" Ich redete vor Freude so schnell, dass sich meine Stimme mehrmals überschlug. Ich strahlte über das ganze Gesicht und war froh, die beiden endlich hier zu haben.

Daniel hielt mich an den Schultern fest und sah mir fest in die Augen.

„Fay,", begann er mit samtweicher Stimme, „wir sind jetzt da und werden so schnell nicht wieder gehen, also komm runter und mach mir bitte einen Tee."

Er lächelte und ließ mich wieder los. Ich nickte und wollte mich gerade Emma zuwenden, als mir noch was einfiel.

„Daniel?"

„Ja?!"

„Welchen Tee?"

„Grünen Tee mit Lemongras bitte, wenn ihr das habt." Ich nickte.

„Und bevor du mich jetzt auch fragst, ich hätte gerne einfach nur ein Glas Wasser."

„Bescheiden wie immer", ertönte es von meinem Vater aus der Küche. Ich ging zu ihm und sah, dass er die Getränke bereits vorbereitet und auf ein Tablett gestellt hatte. Ich nahm das Tablett und ging zurück zu Emma und Daniel. Ich hielt es ihnen hin und sie nahmen sich jeweils ihr Getränk.

„Also, wie war die Fahrt?", fragte ich an Daniel gewandt, weil ich wusste, dass er gefahren war und ging dabei vor ins Wohnzimmer.

„Ganz gut, dadurch, dass wir die halbe Nacht gefahren sind. Ich bin müde, aber wir sind ja jetzt hier."

Ich nickte verständnisvoll und deutete auf die Couch. Die beiden setzten sich neben einander aufs Sofa

„Also dein Vater hat erzählt, du hast einen Jungen kennengelernt? Erzähl mir mehr", fragte Emma mich.

Ich drehte mich zu meinem Vater und sah ihn mit einem mahnenden Blick an. Er zuckte nur entschuldigend mit den Schultern. Ich wandte mich wieder zu Emma.

„Ja. Er heißt Tobi, aber das hat sich mit uns nach Weihnachten erledigt."

„Was?!", warf mein Vater, etwas zu laut und zu schroff dazwischen. Ich drehte mich zu ihm und runzelte die Stirn. Er räusperte sich und begann noch einmal mit ruhiger Stimme. „Aber wieso denn?"

Ich wunderte mich über diese Frage. Normalerweise war er nicht so interessiert daran, mit wem ich Kontakt hatte und mit wem nicht.

Emma hielt meinem Vater die Handfläche hin, um ihm zu signalisieren, dass er sich ab jetzt rauszuhalten hätte und sie übernehmen würde.

„Also, was ist passiert? Hast du keine mehr Gefühle für ihn, oder wie?" Ich schüttelte den Kopf.

„Nein, so ist das nicht."

„Aber?!", mischte sich mein Vater erneut ein.

„Aber er verhält sich mir gegenüber so, als hätte er keine Gefühle mehr. Er schreibt zwar noch total nette und süße Sachen, aber wir haben dann wieder Tage nichts voneinander gehört und Liam steckt da irgendwie mit drin, aber er sagt mir nichts. Und Claire weiß auch irgendwas. Sie wollen mir aber nicht sagen, wieso Tobi so komisch ist. Und da habe ich beschlossen, dass ich mir das nicht weiter angucke und die Sache selbst beende, bevor Tobi es tut." Ich wollte nicht, dass er mir weh tun könnte. Ich war mir sicher, wenn ich nicht selbst den Schlussstrich ziehen würde, würde er genau das tun.

Emma nickte.

„Mhh, schwierige Situation, ich merk schon. Wenn du schon versucht hast, mit allen zu reden und es nichts gebracht hat, ist es vielleicht wirklich besser, es zu beenden."

„Na wart' doch erstmal ab. Versuche nachher nochmal mit Claire und Liam zu reden, wenn du bei ihnen bist", warf mein Vater ein.

„Was sollte das bringen? Denkst du auf einmal, sagen sie mir, dass Tobi nichts mehr von mir wissen will? An Weihnachten? So brutal sind sogar die beiden nicht."

Ich musste auflachen. Mein Vater gab auf und zuckte nur mit den Schultern.

Und wie immer, wenn die beiden da waren, verging auch diesmal die Zeit wie im Flug. Sie erzählten uns, was es bei ihnen so Neues gab. Daniel hatte einen neuen Job angeboten bekommen, der allerdings in einer anderen

Stadt gewesen wäre. Emma wollte nicht wegziehen, also hatte Daniel ihr zuliebe abgelehnt. Ich bewunderte die beiden, so viel Liebe und Verständnis und auch Respekt. Sie schienen nie zu streiten. Wir lachten gemeinsam über Daniels Witze. Zwischendurch redeten wir auch über meine Mutter. Emma erzählte mir Geschichten aus ihrer Kindheit und ich merkte, wie wohlig es sich anfühlte, von ihr zu hören. Ich hatte kaum Erinnerungen an sie, aber wenn Emma so erzählte, schien es mir, als wäre sie immer noch da und würde bei uns sitzen.

Wir verbrachten den Tag vorwiegend im Wohnzimmer, quatschend. Gerade hatten wir einen langen Spaziergang gemacht und wärmten uns mit Tee und Kaffee auf, als die Türklingel uns unterbrach. Ich schaute verwundert zu meinem Vater, der nur mit den Schultern zuckte und aufstand. Versuchte er grade, etwa ein Lächeln zu unterdrücken? Wusste er, wer da kam?

Ich hörte Gemurmel und dann sah ich Claire in unser Wohnzimmer kommen. Verwundert sah ich erst sie und dann meine Armbanduhr an.

Ich hätte erst in 45 Minuten losgemusst. Wir hatten uns bei Liam verabredet. Es war nie die Rede davon gewesen, dass sie mich abholt.

„Claire? Was ist los?" Ich sah ihr Gesicht und konnte den Ausdruck nicht deuten.

„Liam und ich haben uns gestritten. Er ist aus seiner Wohnung abgehauen und ich weiß nicht weiter."

Ihre Augen wurden gläsern und füllten sich langsam mit Tränen, die sie wegblinzelte.

„Warum hast du denn nicht angerufen?"

Ich stand auf und ging zu ihr. Ich schlang meine Arme um sie und zog sie an mich.

„Hab' ich doch, aber du hast es anscheinend nicht mitbekommen."

Ich schaute sie verdutzt an und zog mein Handy aus der Tasche. Es war auf lautlos und tatsächlich hatte sie mich sechs Mal angerufen. Ich überlegte, wann ich mein Handy wohl auf lautlos gestellt hatte, schob den Gedanken aber schnell wieder zur Seite, um mich bei Claire zu entschuldigen.

„Es tut mir leid, du hast mich gebraucht und ich war nicht für dich erreichbar. Bitte verzeih mir." Sie nahm mich in den Arm. „Ist schon okay, jetzt bin ich ja hier. Können wir aber jetzt reden?"

Ich sah zu meinem Vater, der mir zunickte. Ich umarmte Emma und Daniel und ich versprach, morgen früh wieder da zu sein. Claire ging mit mir in den Flur, wo ich meine Jacke nahm und mir meine Schuhe anzog.

Wir gingen raus auf die Straße. Schweigend. Claires Auto stand vor der Tür und sie schloss es per Funk auf. Ich setzte mich auf den Beifahrersitz. Claire startete den Motor. Ich wusste nicht, ob ich fragen sollte, was vorgefallen war oder ob ich warten sollte, bis Claire anfing, von sich aus zu erzählen.

Ich beschloss, nicht zu warten. Doch bevor ich fragen konnte, fing Claire bereits von selbst an zu erzählen.

„Liam glaubt, ich betrüge ihn."

„Was?" Ich hatte mit vielem gerechnet, aber nicht damit. „Wie kommt er denn da drauf?"

„Ich weiß es nicht so recht. Er war so sauer, dass ich ihn kaum verstanden habe und bevor ich weiter fragen konnte, war er schon zur Tür raus."

„Hast du ihn denn betrogen?"

Ich traute mich kaum zu fragen. Ich schämte mich für den Gedanken. Claire war nicht so eine. Wenn sie in einer Beziehung war, dann mit allem, was dazu gehörte.

Sie sah mich entsetzt an.

„Natürlich nicht." Ich zuckte entschuldigend mit den Schultern.

„Soll ich mal versuchen, ihn anzurufen und mit ihm zu reden? Vielleicht erzählt er mir ja, was genau los ist?"

„Du kannst es gerne probieren, vielleicht redet er ja tatsächlich mit dir."

Ich kramte mein Handy aus der Tasche und wählte Liams Nummer. Er nahm nicht ab. Ich legte auf und rief sofort ein zweites Mal an. Auch diesmal nichts. Aller guten Dingen sind bekanntlich drei, also rief ich erneut an und er nahm tatsächlich ab.

„Was willst du?!"

„Nicht so freundlich! Willst du mir erzählen, was passiert ist?" *„Frag doch Claire. Diese Schlampe hat mich betrogen."*

„Ey, du musst nicht gleich beleidigend werden. Soweit weiß ich es auch schon, aber wie kommst du darauf?"

„Ich hab' in ihrem Handy zweideutige Nachrichten gefunden, die mehr als eindeutig waren."

„Und von wem waren die?"

„Von einem Typen Namens Jason."

„Okay, ich meld' mich."

Ich legte auf und wandte mich an Claire, die gerade parkte. „Wer ist Jason?"

„Wer?"

„Liam sagte, er hätte zweideutige Nachrichten von einem Jason auf deinem Handy gefunden." Claire schüttelte den Kopf und stieg aus.

„Ich kenne keinen Jason."

„Liam denkt sich das doch nicht aus."

Ich war ebenfalls ausgestiegen und war jetzt mit Claire an Liams Haustür angekommen. Sie schloss auf und ging hoch zur Wohnung. Claire ignorierte mich, und ich fragte mich warum. Irgendwas war hier falsch. Einer von beiden log.

„Claire. Wer. Ist. Jason?"

Ich glaubte langsam, dass Liam sich das nicht ausdachte und an der Sache tatsächlich etwas dran sei.

„Liam hat sich das ausgedacht."

Sie öffnete die Tür und im Flur stand Liam. Sie ging auf ihn zu und schlang ihre Arme um seinen Hals und küsste ihn.

„Wollt ihr mich jetzt verarschen? Was ist hier los?"

„Nichts."

„Warum tut ihr mir sowas an? Ich dachte wirklich, ihr steht kurz vor dem Aus."

„Geh in mein freies Zimmer", sagte Liam.

„Was soll der Quatsch jetzt? Was soll ich in einem leeren Zimmer? Außerdem ist das das Zimmer deines Mitbewohners."

„Ach Fay, mach es einem doch nicht immer so schwer. Geh einfach", mischte sich Claire ein. Ich war wütend und verwirrt zugleich. Ich machte trotzdem, was sie von mir wollten und ging auf das leere Zimmer zu. Vor der Tür stand ein Strauß Rosen. Ich drehte mich um und hinter mir standen die beiden Arm in Arm und strahlten mich an. Es schoss mir ein Gedanke durch den Kopf, den ich sofort beiseiteschob. Das konnte nicht sein. Ich legte eine Hand auf den Türknauf und sah nochmal zu Claire. Sie lächelte mich an und nickte mir zu. Ich lächelte und öffnete die Tür. Das Licht war aus. Als Beleuchtung dienten lediglich Kerzen. Und zwar eine Menge Kerzen. Auf dem Fensterbrett standen etwa zehn große Kerzen. Im Hintergrund spielte leise Musik und auf dem Boden lagen Rosenblätter, die zu einem Herz gelegt worden waren. Außen rum waren Teelichter ebenfalls als Herz gestellt und in der Mitte des Herzens stand, in einem Anzug, Tobi.

Tobi.

Mein Herz sackte tiefer. Er sah so unglaublich gut aus in dem Anzug. Ich bekam kein Wort raus. Meine Kehle war wie zugeschnürt und ich merkte, wie sich Tränen in meinen Augen sammelten. Ich kam mir völlig fehl am Platz vor und doch genau dort, wo ich sein sollte. Ich trat weiter ins Zimmer und schloss die Tür hinter mir.

„Fay." Ich ging auf ihn zu.

„Tobi." Mehr als ein Hauchen bekam ich nicht hin.

Tobi war wirklich hier. Ich konnte es immer noch nicht glauben. Er stand vor mir und nahm meine Hände.

„Was machst du hier?" Es war nicht das, was ich sagen wollte, aber es war das erste, was aus meinem Mund kam.

„Ich freue mich auch, dich zu sehen." Er strahlte mich an und ich wachte aus meiner Starre aus und fiel ihm um den Hals.

„Tobi."

Ich ließ die Tränen rollen. Er nahm mein Gesicht in seine Hände und küsste mich. Ich hatte ihn so sehr vermisst. Ich vergaß alles um mich rum und gab mich Tobi ganz und gar hin. „Fay", murmelte er zwischen zwei Küssen. Ich löste mich von ihm und sah ihm tief in die Augen.

„Ich hab' dich so unendlich vermisst."

Er sah mich voller Liebe an.

„Ich dich auch."

Ich legte meinen Kopf auf seine Brust und hörte sein Herz schlagen. So standen wir da. Arm in Arm und genossen den Moment.

„Was machst du hier?" Ich schaute hoch zu ihm.

„Ich bin wegen dir hier." Ich konnte mir ein Lächeln nicht verkneifen.

„Wie lange bleibst du und warum hast du dich nicht gemeldet? Ich dachte, ich interessiere dich nicht mehr und du hättest nur nicht den Mut, um mit mir Schluss zu machen, wobei ich gar nicht weiß, ob wir zusammen waren oder sind oder überhaupt." Ich fing an, schneller zu atmen und ich merkte, wie sich wieder Tränen in meinen Augen sammelten. Tobi löste sich von mir und hielt mich an den Schultern.

Er nahm mein Gesicht in seine Hände.

„Hey." Seine sanfte Stimme beruhigte mich sofort. Ich atmete tief durch und sah ihm in die Augen.

„Ich bin wegen dir hier, weil ich dich liebe. Weil du meine Freundin bist und es bleiben sollst."

„Aber ich verstehe nicht, warum du so zu mir warst."

Er lachte. „Hast du gehört? Ich liebe dich. Und ich bleibe bei dir! So lange du es willst." Seine Worte erreichten mein Gehirn. *Er liebte mich.* Es hallte in meinem Kopf wider und wider, bis ich es verstand. Ich grinste.

„Du liebst mich?"

„Ja und ich bleibe bei dir."

„Aber wie denn?"

Er grinste schief.

Ich wedelte mit meiner Hand, um ihn zum Reden zu bringen.

„Ich habe mich so wenig gemeldet, weil ich alle Hände voll zu tun hatte mit dem Umzug."

„Umzug?" Ich verstand nicht so recht.

Er nickte und sah mich mit einem erwartungsvollen Blick an. Da machte es *Klick*.

„Du wohnst hier?" Ich zeigte auf den Boden.

„Ja."

„Du bist bei Liam eingezogen?"

„Ja", sein Grinsen wurde breiter und breiter.

„In dieses Zimmer?"

„Ja, Fay."

„Wie hast du es geschafft, deine Eltern davon zu überzeugen, dass du aus der Firma rauskannst?"

"Gar nicht, ich bin immer noch in der Firma. Allerdings hat es mich ziemlich viel Mühe gekostet, meine Eltern davon zu überzeugen, dass ich gut genug bin, um die Filiale der Firma in Berlin alleine leiten zu können. Jetzt sind meine Eltern wieder in Österreich und ich konnte herziehen."

Ich konnte die Freudentränen nicht mehr zurückhalten.

Ich warf mich in seine Arme.

Jetzt wurde mir so einiges klar. Die ganzen seltsamen Sachen. Es waren Tobis Schuhe neulich im Flur, und auch das mysteriöse Handyklingeln. Es war auf einmal alles klar. Claire und Liam wussten es die ganze Zeit, und keiner hatte was erwähnt.

Es war zwar gemein von ihnen, aber dennoch so lieb und süß zugleich. Ich fühlte mich wie der glücklichste Mensch auf der Welt.

Ich gab ihm einen Kuss und zusammen gingen wir, Hand in Hand, raus zu Claire und Liam, die kuschelnd auf der Couch einen Tee tranken und redeten.

„Hey." Ich wusste nicht, was ich sonst sagen sollte.

Beide zuckten zusammen und drehten sich zu uns um. Sie lachten uns an.

„Wie ich sehe, ist die Überraschung gelungen?" Claire stand auf und kam zu mir.

„Es tut mir so leid, aber ich konnte dir nichts sagen. Das sollte doch das beste Weihnachtsgeschenk werden, was man dir hätte machen können."

Sie nahm mich in den Arm und ich erwiderte die Umarmung und drückte sie fest an mich.

„Danke. Danke für alles", flüsterte ich ihr ins Ohr.

Auch Liam war zu uns gestoßen und stand neben Claire.

Auch er nahm mich in den Arm.

„Es ist so schön, dich endlich wieder glücklich zu sehen."

Dieser Satz traf mich tief und erfüllte mich mit ganz viel Hoffnung und Erleichterung.

Er hatte recht.

Nach dem Tod meiner Mutter und dem unseren Babys war dies das erste Mal, dass ich so richtig glücklich war. Mir rollten die Tränen über die Wangen.

„Nicht weinen." Er nahm mich erneut in den Arm.

„Doch. Ich bin so unendlich glücklich. Das erste Mal seit Ewigkeiten und das nur, weil ich die besten Freunde auf der Welt habe."

Er löste sich von mir und lächelte mich so warm an, wie noch nie in unserer Zeit zuvor. Ich konnte es selbst noch nicht glauben. Tobi war hier und würde bei mir bleiben.

Er hatte sein Leben in Österreich für mich aufgegeben.

Ich sah zu Claire, die immer noch grinste.

„So, wollen wir jetzt Weihnachten feiern oder wollen wir hier noch stehen bleiben?"

Ohne eine Antwort abzuwarten, wandte sie sich lachend ab. Als Liam sich gerade umdrehen wollte, hielt ich ihn am Arm zurück.

„Wusste mein Vater auch Bescheid?"

„Was glaubst du wohl." Er grinste.

Mit diesen Worten drehte er sich um und ging zu Claire in die Küche. Ich überlegte kurz, was ich mit seiner Antwort anfangen sollte. Aber dann beschloss ich, es als ein *Ja* zu verstehen.

Ich wandte mich an Tobi.

„Ich weiß nicht, wie ich dir zeigen kann, wie viel mir das hier alles bedeutet." Ich war ihm so dankbar.

„Das hast du doch schon längst."

Ich küsste ihn, da mir einfach die Worte fehlten.

„Frohe Weihnachten, Fay."

„Frohe Weihnachten, Tobi."

Danksagung

Am meisten danke ich meiner Mutter, ohne sie hätte ich dieses Buch niemals rausgebracht. Wie oft sie mir gesagt hat, dass es sich lohnt es zu veröffentlichen, wie oft sie mir Mut gemacht hat und wie sehr sie mir Selbstbewusstsein geschenkt hat. Mit keinen Worten dieser Welt ist zu erklären, wie dankbar ich ihr bin. Meine Mama, die gleichzeitig meine Lektorin und die kritischste Leserin ist.

Danke Mama!

Ich denke, dass ich hier auch Patricia Schröder danken sollte, die mir damals, als ich 16 war, Mut gemacht hatte. Dennoch hat sie kein Blatt vor den Mund genommen, mich nicht verschont und mir gesagt, was sie von meinem Geschriebenem hält. Dafür bin ich ihr heute noch sehr sehr dankbar. Denn schließlich ist dieses Buch daraus geworden. Jahre später, Jahre, die ich tatsächlich gebraucht habe, so wie sie es mir geraten hat.

Danke Frau Schröder!

Ein Dank auch an meine liebste Grundschulfreundin Patti, die mir bei der Covergestaltung geholfen hat. Die mir ziemlich den Hintern gerettet hat, da ich absolut unbegabt bin, was zeichnen angeht.

Ein letzter Dank fehlt noch:

Ich danke Christine von www.kunstkatalyse.de, dass sie mir geholfen hat, das Cover zu formatieren und alles Nötige in die richtige Form und Größe zu bringen.